点亮希望

感动中国的支月英老师

蒋泽先 ⊙ 著

图书在版编目（CIP）数据

点亮希望：感动中国的支月英老师 / 蒋泽先著.
-- 南昌：江西人民出版社，2017.8（2018.8重印）
　ISBN 978-7-210-09612-2

　Ⅰ.①点… Ⅱ.①蒋… Ⅲ.①长篇小说—中国—当代 Ⅳ.① I247.5

中国版本图书馆 CIP 数据核字 (2017) 第 182984 号

点亮希望：感动中国的支月英老师

蒋泽先　著

策　　划：张德意　周　波
责任编辑：魏　伟
出　　版：江西人民出版社
地　　址：江西省南昌市三经路47号附1号（邮编：330006）
编辑部电话：0791—86898397
发行部电话：0791—86898815
网　　址：www.jxpph.com
发　　行：各地新华书店

2017年8月第1版　　2018年8月第2次印刷
开　　本：787毫米 × 1092毫米　1/16
印　　张：13.5
字　　数：150千
ISBN 978-7-210-09612-2
定　　价：26.00元
赣版权登字—01—2017—642
版权所有　侵权必究
承 印 厂：深圳市精彩印联合印务有限公司

赣人版图书凡属印刷、装订错误，请随时向承印厂调换

目录

序曲：
　　弯弯的山路——三百六十五里路 001

在那桃花盛开的地方　　011
年轻的朋友来相会　　030
我被青春撞了一下腰　　046
春天在哪里　　060
敢问路在何方　　085
心会跟爱一起走　　104
让世界充满爱　　120
我想有个家　　134
常回家看看　　161
说句心里话　　174
阳光总在风雨后　　182

尾声：
　　飞得更高　　200

后记：
　　弯弯的月亮——致逝去的青春　205

序曲:弯弯的山路——三百六十五里路

抖落异地的尘土,
踏上遥远的路途,
满怀痴情追求我的梦想,
三百六十五日,年年地度过,
过一日,行一程……

1

山楂树的叶儿落了,
明年还会有绿的时候;
山茶花儿谢了,
春天还会有再开的日子;
山谷里的鸟儿飞走了,
花开季节里还会回来;
老师啊,你走了,还有回来的时候吗?

在一次师生联欢晚会上,几个山里孩子含泪朗诵了这首小诗,台下的老师流泪了,他们用纸巾拭着眼角的泪,那是拭不净的泪啊!

满山泛绿的春天,支教的老师一批批来了;大雪封山的冬天,支教的老师一批批走了;鸟语花香的时候,任教老师一个一个走上了讲台,在不知晓的日子里又一个一个默然地离开了学校……

花开叶落,冬去春来,山里孩子如树苗一样长大,他们渴望春风春雨……他们希望成熟成材……

有谁愿陪他们走完童年的岁月?

有谁能给他们的笑容洒满阳光?

老师,山里的孩子想你,盼你爱他们啊!

就如一棵无名的小草,期待雨露滋润成长!

19岁那年,她没有听过这样的诗朗诵,没有见过山里孩子含泪的呼喊与企盼。那年,她走进大山,遇见了渴望读书的山里孩子,开始与他们一起生活。

她,就是支月英老师。

风华正茂的支月英

山里孩子读书迟。刘世铭进校读书那年已10岁。他上三年级时,学校新来了一位女教师,也是他的班主任。这位女教师就是支月英。山里人已习惯了学校老师来来走走,谁也不会在意"新的""老的""男的""女的"。不过这次,她的"新"给孩子和家长带来了一点兴奋与新奇。她是自己挑着行李走上山的;是夜幕降临后走进林场大门的;是到校后的第二天就上课的。高挑的个子,苗条的身材;黑黑的头发,长长的辫子;讲话时,声音甜美响亮,美丽的脸上还会露出红晕,充满笑意,笑起

来的酒窝像电影里女演员一样。孩子们眼睛一亮,精神一振。

"好漂亮啊!"孩子们惊讶地说。山里人第一次(肯定是第一次)看见这样美丽的老师。学校门口有了围观的人,指点着,谈论着。

"长得好高啊,比我儿子还高!"

"你看清了么?那辫子比你裤腰带还长。"

"乱说!我看比马尾巴还粗!"

"脸蛋儿这么漂亮,待不了几天就会走的。"乡亲和孩子们的议论一直没有停止。

山里人总爱把漂亮、娇气与贪图享受连在一起。

围观的人多了,她脸红了,不好意思地低下了头。

"害羞耶!"抱着孩子的大嫂说。

"你看,你看,那脸蛋就像红彤彤的苹果。"

山里人自有山里人识别人的道理。

娇嫩的人怕苦怕累,脸蛋漂亮的人担心变丑变老。

这山风,这山路,这山里催人老的苦日子她能过吗?

刘世铭为什么10岁才来读书?父亲有病哪!一病就穷啊!

其实那个年代,没病的人家也好不了多少。

白水泡白饭,腌菜萝卜干。这就是山里人的日常生活。

这里没有班车,毛竹、木材都难运下山。往下走20里地是观下村,再往下走40里地是江西省奉新县澡下乡政府(2000年改为澡下镇)驻地,到县城还有40里,正好100里。一天两班的长途汽车,只到观下村。刘世铭小学毕业时,她带领全班去县里拍摄毕业照,孩子们才有机会去一次县城。从前,县城门往哪边开,县城街道有多宽,好多山里孩子都不知道。如果不是到县城拍摄毕业照,不是去澡下中学念书,恐怕很多孩子不到结婚时都难有机会进县城。

村小学对面是一家卖日常用品的小卖部,虽然是独此一家,别无分号,却总是冷冷清清,少有人光顾。学校后面是山,前门是山间的村公路。村公路一侧是山坳。远望是云雾氤氲的山谷,只闻弯弯溪流的潺潺声;朦胧中可以看见远处窄窄的山间小路,有时候还能看见在山间小路上悠闲地走着的牛马。学校操场只有3个乒乓球台大,上体育课要到村公路上排队,再大一点的平地都找不到,跑步只有上坡与下坡之分。

白天这儿还能听到学生的歌声、笑声、叫声;到了晚上,只能听到山风呼啸,猫头鹰及狗的叫声。如果电线断了,漆黑一片,风吹草动时,连城里来的男人都会吓出一身冷汗,何况是女生。这么漂亮的姑娘,不是被苦走,也会被吓走。山里人这样想。

第一年过去了,她,没走。

也就是这时候,学生和村里的大人们记住了她的名字:支月英。一个朴实的名字。

刘世铭熟悉了她。她很聪慧,山里的土话一学就会。她教语文,也教算术;教唱歌,也教美术;还会教体育。她唱歌、画画、打球,无所不能!在县城运动会上,她跑步比赛得第一。老师说,那叫中长跑,山里孩子不懂这么多术语,反正在县里拿到了奖,就是了不起的人物。逢年过节,她还组织孩子们唱歌、跳舞、玩游戏、排节目。她来了,学校充满了生机。她唱歌,真好听,学生都喜欢听。她一张口,一挥动双手,孩子们浑身都是劲:

红星闪闪放光彩,红星灿灿暖胸怀。红星是咱工农的心,党的光辉照万代……

最让刘世铭感动的,是她到他家里来看望有病的爸爸,还带了礼品。爸妈好激动啊!连声说:"谢谢,谢谢!"这是她对学生的关爱。

刘世铭读完了小学,读初中。后来,刘世铭大了,结婚了,有了孩子,家中仍没有摆脱贫穷,只能让自己的孩子辍学。还是她,登门劝刘世铭让孩子读书……

1980年的冬天,第一场山雪不期而至。1981年的春天要来了,她会走吗?过了夏天,第二年新学期开始了,刘世铭上四年级了。五年级的学生到澡下乡上中学去了。

每年都有新生,一年级新生来了。这年,一年级来了22个学生,有个7岁的新生叫廖作英。个子小,坐在第一排,小小的她,仰头看着高高的她,好敬佩,好羡慕。

明亮的眼睛,秀丽的脸庞,清晰的普通话。1、2、3、4、5、6、7,念出来像唱哆、唻、咪、发、嗦、拉、西一样好听。歌谱不也是这样写的吗?支老师真好看!黑油油的头发,长长的辫子,很能吸引孩子们的眼球。她转身面对黑板板书时,那马尾辫的尾梢从廖作英小小的脸庞上拂过,廖作英不由地摸摸自己的脸,暖暖的。她想,我要有这么长的辫子就好,长大后,我要能像她这样教书就好。

廖作英是个聪敏、好动脑筋的小姑娘。那天,她想提问,结果词不达意地问了一句:"支老师,你这么漂亮,会不会走呢?"

支月英摸着廖作英的头说:"你更漂亮啊!你会走吗?"

"我是泥洋村人啊!"

"我也是啊!"她说。

"支老师骗人,支老师不是我们村里人。"

"我讲课你喜欢吗?"

"喜欢!"廖作英说。

支月英抬起头问大家:"你们喜欢吗?"

"喜欢!"同学们异口同声地喊了起来。

"你们喜欢我,我就成了你们村里人,我们都是一个村子里的人！"停了停她又补充一句："同学们，我也喜欢你们！我不会离开你们，我会陪你们长大。"

孩子们快乐地鼓掌，跳起来欢叫："支老师是我们村里人啰！是我们村里人啰！"

"支老师，到我家里吃饭。"

"不，去我家，我家有红薯！"

"我家养了鸡，每天有鸡蛋！"

"去我家吃艾饼。"

"我家有散灯面，你一定没吃过。"

后来，廖作英长大了，真成了"她"。先是她的学生，后是她的同事。有趣的是，廖作英的同班同学涂光明，坐在最后一排的男生，后来成了她的丈夫。俩人再次走进这所乡村小学，不是读书，而是教书，是又一代乡村的代课老师，他们之间有了新的故事。

月复月，年复年。支月英成了妈妈。她带着两个孩子，她的孩子真是吃百家饭长大的。孩子爬过每家的饭桌，端过每家的饭碗。

她真的不走了，迎来了一波又一波孩子入学。支月英已然把学校当成了自己的家。

1989年，山上的白洋小组的廖作春读完了三年级，升到这所完小读四年级。11岁的他开始了小学寄宿生活。他就在这时认识了这位美丽的山村女教师。

这年，她已在这所村完全小学任校长5年了。

孩子们一天天长大，她在这里，一年又一年把根扎得更深。

刘世铭小学毕业了，全班同学和她合影，合影上留下了孩子们童年的笑容，洒满阳光的笑容，也留下她的青春倩影。

廖作英与涂光明小学毕业了。她与这班的孩子们生活在一起，留下了许多难忘的记忆。孩子们走了，读中学、读大学、考研究生

去了,但孩子们的笑声还响在她耳畔,笑容还印在她脑海里。她笃守自己的诺言,伴随一批又一批孩子们成长。

孩子们长大了,成家了。

刘世铭做爸爸了,他的孩子叫刘强。他把刘强送进这所小学,孩子的班主任不是别人,是她,是刘世铭曾经的班主任。

刘世铭的父亲病情依旧。刘强只读了一年就辍学了。刘世铭牵着刘强的手说:"强子,为了给爷爷治病,该借的亲戚都借了,还是没有凑齐你上学的钱,今年就不上了吧?"刘世铭童年辍学的故事又开始重复,走访刘世铭家庭的故事也在重播。

她来到刘世铭家,对这位曾经的学生说:"刘世铭哪,你怎么不让刘强来报名?"

刘世铭无奈地蹲下,拼命地抽着旱烟,半天只吐出几个字:"穷,穷哇!"

"孩子读书是大事,我的学生一个都不能少。这钱,我们凑一点,不就能读书了!"

刘世铭站起来,深深弯下腰,说:"支老师,你永远是我们的好老师!强,来,向支老师鞠躬!低头,再低头!"这对父子学生用最质朴的话语,最质朴的动作,表达最质朴的爱戴与尊敬。

她不仅伴随刘世铭长大,还伴随刘世铭儿子刘强这一代孩子长大。刘强读完小学、中学、大学,如今走出了大山,成了栋梁之材。

涂光明、廖作英夫妇于1996年生下了涂莎。涂莎7岁进了这所完小,读完中学后,她考取了江西赣南师范大学,也要当老师。

廖作春初中毕业后来到县城打工,后来结婚,有了女儿。他没有把女儿放在县城小学读书,4岁时就交给了这位他最敬重最信任的老师。2016年女儿8岁,读二年级。这年,她去北京开会,带上3个孩子,他女儿就是其中之一。一个又一个孩子长大了,一个又一个学生走了,36年过去了,没走的是她,扎根的还是她。

她在这儿结婚、安家、育女。来时是姐姐,后来是大妈,现在是奶奶。

来时一头乌发,现在是两鬓霜染。但她还是最初的那个支月英。

又有一次可以调走的机会。2000年,刘强上五年级时,孩子们一窝蜂地跑到她办公室里,拉着她的衣服哭:"支老师,是不是你不喜欢我们?"

"支老师,我再不惹你生气了,求求你,别走吧。"

"支老师,我们大了,我们能做事了,我们会保护你,帮助你的,你别走啊!"

支月英含着泪说:"孩子们,我不走了,我陪着你们,一直陪着你们!"

2007年,机会又来了,她依然拒绝。

2012年,组织上考虑到她年纪大要调她下山到镇中心小学任教。这时海拔更高的白洋村民小组农民联名请她去任教,她又放弃了下山。

36年了,36个三百六十五里路。

夜深了,她一个人哼着这首歌:

> 睡意朦胧的星辰,
> 阻挡不了我行程,
> 多年漂泊日夜餐风露宿,
> 为了理想我宁愿忍受寂寞,
> 饮尽那份孤独……

她不朦胧,有星星为她点灯;

她不漂泊，小山村就是她的家；

她不用抖落尘土，山风会吹尽她的疲惫与烦恼；

她不痴情，她只知深情地呵护着她爱的孩子。

过一日行一程，旅程有爱心……共事的老师陆续离开了大山，她教的学生大都离开了大山，没有离开大山的只有她一人——没有之一，只有唯一！

36年来，她只走过这一条路：坎坷山路。

36年来，她只做了一件事：教书育人。

36年来，她对这山里的孩子付出了自己一生所有。

36年来，她肩上一直担着沉甸甸的四个字：爱心、责任。

她教出了1000多名山里的孩子。有大专生、本科生、硕士生；有经理、私营企业主、白领、蓝领，还有科学种田、身怀技艺的现代农民……

她用青春与理想托起了两代人童年的梦想。

山路弯弯，弯弯的山路。在这坎坷的路上：

36年来，她磨破了多少双鞋？没人知道；

36年来，她骑坏了多少辆摩托车？有一个数字：6辆。

这是什么地方？

她从哪里来？她为什么要在这里或者说能在这里深深扎根？

这些答案写在哪里？

不用在空中寻找,她不在空中飘扬。她扎根在大地,扎根在深山。

答案写在她脚下的大山路上，写在孩子们充满笑意的脸上，写在万里晴空的蓝天上，写在2016年"感动中国"的颁奖词上：

> 你跋涉了许多路，总是围绕着大山。吃了很多苦，但给孩子们都是甜。坚守才有希望，这是你的信念。三十六年，绚烂

了两代人的童年，花白了你的麻花辫。

这山，叫越王山，位于江西省奉新县西部，最高处海拔1300米；这校，是澡下乡采育林场泥洋分场泥洋小学，在大山深处。

这所小学最兴盛时有3个教学点，200多名学生，9位老师。她先是一名民办临时编制代课老师，后经考试转为公办。坚守山中36年的老师只有她一人，以前没有，现在还没来。

有人问："她为何能坚守36年？"

她的回答是："不是看到希望才坚守，而是只有坚守才能有希望。"

对吗？

＊本章歌词引自歌曲《三百六十五里路》（小轩作词），《红星歌》（邬大为、魏宝贵作词）。

在那桃花盛开的地方

在那桃花盛开的地方，
有我可爱的故乡，
桃树倒映在明净的水面，
桃林环抱着秀丽的村庄……

2

其实，来自何处并不重要，重要的是我们将去何方。她来了，来到这偏远的山区，这偏远的山区小学。

这条山路有多少人走过？一定有很多人走过；

这所小学有多少人来过？一定有很多人来过。

一位诗人说得好，同在一条路上，只要比别人走得更久，就能够走出别人没有的距离；只要比别人走得更远，就能看到别人没有看到的风景。

她是从哪里开始起步？或出发？是童年？是故乡？

童年的支月英是在家乡度过的。

每个人都有自己的童年故事，都有自己难忘的童年回忆，每一代人的诞生与成长都会打上那个时代的烙印，抹上那个岁月特有的色彩。这些烙印与色彩往往是温馨与欢乐的，或是凄凉与痛苦的，有的成为人生路上的动力，有的成了阻力。留在她心中的童年是怎样的呢？

记忆里，家乡是美丽的，童年的生活是美好的。奶奶慈祥、善良，父母勤劳与诚实。她是家中老大，当她在家里呱呱坠地时，接生员举起她说："是个妹子。"

奶奶说："妹子也好，我一样喜欢！"奶奶有两个儿子，爸爸是老大，在家务农；老二学开车，是司机，远在宜春市奉新县冶城"共大"分校。

她生下来时个子特别小。奶奶说："月英像只小老鼠。放在你们床上，我不放心。我带。"就这样，她躺进奶奶的怀抱，从小老鼠变成了小白兔，变成小天鹅，变成了女汉子。

以后有了3个弟弟，2个妹妹，她依然是奶奶的最爱。这"爱"让她长大后，轻而易举地"被青春撞了一下腰"，有了家，有了孩子……

童年的回忆是冬日的一碗白粥，饥饿的清晨吃了一口，暖到心窝；童年的趣事是盛夏的一碗凉茶，午后饮一口舒畅全身；童年往事又似风雨后的彩虹，五颜六色。家乡是美丽的，童年的回忆也是美丽的；家庭是温馨的，童年的故事也是温馨的。

该怎样诉说她的家乡呢？

那是一个美丽的地方……他们一家祖祖辈辈在这儿生长……

那个美丽的地方有山有水有平川，有花有树有稻田。这个地方离这座叫越王山的大山近400里之遥，县名叫进贤。

说到南昌市进贤县，似乎知晓的人不多，但爱酒的人一定知道李渡高粱。这酒有记录的历史就达200多年，在进贤县李渡镇，那

儿还保存着始建于元代的酒窖、明代的水井、晾堂、炉灶、蒸馏设施、水沟、墙基及酿酒遗址，不能不说是奇迹。

不饮酒的人可能不知道李渡高粱，但喜爱吃螃蟹的人一定知道进贤县军山湖大闸蟹是中国地理标志性食品，运往全国各地，食后口齿留香！

还不清楚进贤县？那你喜欢读书吗？读过宋词吧？"无可奈何花落去，似曾相识燕归来。小园香径独徘徊。"这是宋词，是晏殊《浣溪沙》中的名句，脍炙人口。又一首："从别后，忆相逢。几回魂梦与君同。今宵剩把银釭照，犹恐相逢是梦中。"这首晏几道的《鹧鸪天》一样为人熟知。父晏殊，子晏几道，时称"二晏"，系进贤县人。

喜欢练书法者，一定知道进贤县文港镇是中国毛笔之乡；喜欢国画者，一定知道南派山水画的开山鼻祖，五代南唐画家董源。毛笔之乡与开山鼻祖均在此地。这里还有古代的院落与牌坊建筑流传于世。可以说，进贤县是有着丰富文化底蕴的文化之县。

支月英就诞生在这样一个知名的文化之县的小村里，算是沾染了一点点"文气"。

支月英家离县城有16里地。走着走着就到了。县城有汽车，有火车，再远的地方有江有湖，可以看到船：轮船、帆船、渔船。读高中时夜夜都听到火车叫，仿佛头枕铁轨一样。大路是平平坦坦的，路边是高低起伏的。家乡人把起伏的高地统称为岭。她的家乡就叫张公镇铜岭支家村，当地岭不高，她长大了，一口气可以冲上岭顶。上学后，她读了地理才知道那叫海拔。全县16座丘陵平均也只有百米高，最高的那座叫金山岭，也只有256米。经家乡流过的最长的一条河叫抚河，来自抚州市。有趣的是她出生时是宜春市人，因进贤县归属宜春市管辖；她7岁那年进贤县划归抚州市，她成了抚州市人；再后来，隶属南昌市，她成了南昌人。家乡人开玩笑地说，一下子从乡下人成了省城人。归属南昌市时，她已离开家乡4年了，她没有享受到"省城人"的"待遇"，她已是一个真正的宜春市奉新县澡下乡泥洋村山里人，是进贤县的女儿，奉新县的媳妇。

泥洋村里人都叫她，支老师。

后来，她说："我姓支，支教的支，支援的支，支撑的支。我不是来支教的，也不是来支援的，是来支撑的。哪怕一个人，我也要支撑起这所小学，这个教学点。"

支姓，在老版《百家姓》上排163位，在新版《百家姓》上排311位，是小姓。祖辈人没顾及排位，顾及的是读书学经，是血脉相传。在支家宗祠里常看到对祖辈赞美的对联："语通六国，学谙五经"指的是汉代学者支谦，通6国语言，译佛经49部；明代学者支立，时号"支五经"，深研经学。

还有联：哀集五色雀，孝感一乡人。指宋代孝子支渐，孝敬母亲之事感动乡人。

"仰博士流韵，承清官遗风"，说的是明朝进士支可大，官至礼部主事，清廉自守。

江西支家多分布在赣鄱平原，抚河一带。

进贤县张公镇铜岭支家村，就是赣鄱一脉的支家。虽以农为生，却不忘继承支家祖传的读书、行孝、清廉、感恩的家风。

农村人读书，并非那么顺利、容易。

支月英也一样，支月英算是在支家村这辈人当中读书最多的。有人总结了支月英这代人起步成长的特色："一出生就挨饿，一读书就停课。"这种感受，还真渗透了支月英的生活与人生。

支月英确实有过挨饿的记忆。

那是1961年，中国历史上正遇上"三年自然灾害"，她降临人间。

那年,父亲在荒地上开垦了几亩地,种了南瓜。以后,一个又一个孩子落地,南瓜就成了家里的"粗粮"。每天开饭时,奶奶总是先端上一脸盆香喷喷的南瓜,孩子们围上去,一人一碗,奶奶对月英总会有点"优惠"的小动作,偷偷地给她装上一小勺饭,拌匀。南瓜盖住了饭粒,奶奶放心地让她和弟弟妹妹在一起。也许,就是这种"优惠"吧,吃南瓜成了她美好的记忆,也使她对"红米饭南瓜汤"有了更深刻的理解。

就是奶奶对她的"优惠"成就了月英的"高个子",在最苦的日子,她还能撑饱肚子,没有因饥饿而瘦弱矮小。

她家有辆独轮车。顾名思义是一个轮子的车。轮子是木制的,推动时发出叽咯叽咯的声音。独轮车是那个年代农民的最佳交通工具,能载物载人。因为是独轮,可以在田埂和狭窄的山路上行走。年轻夫妻婚后回娘家,妻子坐在车上,丈夫推车子,行走在崎岖的山路间,羡煞路人。

推车靠的是力气与平衡技巧,手、肩与腰都要用力。她因个子高,力气足,儿时就成为这辆独轮车的"驾驶员"。

陈毅元帅曾说:"淮海战役的胜利是山东人民用小车推出来的。"这种小车就是独轮车。后来一位劳模说:"小车不倒自管推。"体现了"俯首甘为孺子牛"的思想。

令人感叹的是,还没有上学的支月英竟会推独轮车。

她年龄小,但推车的技巧那可是独树一帜的。妈妈说她胆大妄为。她抓起左右两根手把,推动了独轮车,还喊着:"弟弟,上车,我推你。"

弟弟也敢上。吓得奶奶一身汗,大叫:"停下,停下,你把弟弟摔下车了,怎么办!"

"不会的,奶奶,我力气大!"

"我的小祖宗，回家。"奶奶举起了手，久久没有落下。支月英一头的汗，奶奶摸摸背，一背的汗，说："脱下，换掉。冷风吹一下，会感冒。"奶奶帮她脱衣擦背换衣。一直到大，奶奶都帮她洗衣服。支月英多次害羞懊悔地说："我好大，好大了，洗不干净衣服，都是奶奶惯坏的。""共大"毕业后，一个愿帮她洗衣服的男生闯入了她的生活，情感就这样随风潜入夜，一夜梨花开……那是后话。

她长大了，壮实了，家里的独轮车真由她推了。早上，总是她到外面铲新草皮，到猪圈里换出旧草皮，旧草皮上有猪屎猪尿，有肥田作用。她推着独轮车进进出出，轻松自如，弟弟们都投来羡慕敬佩的眼光。奶奶看她能为爸爸减轻负担，更加疼爱她。

在中国，独轮车还出现在农村农家乐的旅游景点中，现在西方国家将独轮车改为IPS电动独轮车，成了以车代步的工具。1996年教育部正式将IPS独轮车列为校园体育项目。那时支老师工作在泥洋小学山区，无法显示自己推动传统独轮车的技巧，山区也无法让孩子开展这种独轮车运动项目。而独轮车却是她童年岁月里最灿烂、最精彩的记忆。

她7岁进小学。那时小学读5年，初高中各2年，9年完成义务教育。她16岁中学毕业。

学校离家3里地，在铜岭，叫曹家小学。她背着书包，不要人送，自己一蹦一跳地去上学。

小学只有两本书，语文和算术，还有几本作业本和一本课外读物。

上课前，入学教育由班主任负责。孩子们小，不懂什么叫"入学教育"，只跟着老师一字一字地念。

老师特地说，我姓姜，是生姜的姜，不是蒋，不是蒋介石的蒋。那是"文化大革命"搞大批判的时期，蒋介石在台湾，谁跟蒋家人

联在一起,半辈子也说不清关系。这个简单的介绍是撇开"地富反坏右"的意思。老师的解释,孩子们并不懂,他们年龄太小了。这是那个年代的特色。这个时代背景,使得教语文的姜老师讲课一字一句,一板一眼,不会多一个字,不会少一个字,认真仔细,生怕出错。就这样一个小小的特点,给支月英留下了深刻的印象,甚至对她从事的教师职业有着重要的影响。她走上了讲台后,回忆起姜老师,虽然感到他有几分拘谨和严肃,但撇开那个年代的印记,支月英把他的一板一眼、一字一句视为一个老师必修的基本功。她一直这样努力着,她要把每一字每一句,都清清楚楚地送进学生的耳朵里。

入学教育就是要学生先背会四句话:

毛主席万岁!
幸福不忘毛主席!
做革命接班人。
为革命学习。

这四句话要学一天。第二天才教读书、写字、执笔的姿势。

语文有30课。第1页是毛主席语录,第2页是目录。晚上没事,她要爸爸教她识字,两天内她就把目录给背了下来。第1课《工农》,第2课《工厂》,第3课《电灯》,第4课《尺寸》,第5课《农村》,第6课《马羊》,第7课《开荒》,第8课《解放军》,第9课《地雷》,第10课《北京天安门》,第11课《太阳月亮》⋯⋯她十分激动,自己的名字中的"月"在课本里,呵,月亮,月英,读书真好。

数学老师叫曹等得,也是男的,是曹家村人。与姜老师相比,教数学的老师讲课多了几分爽朗与活泼。1道应用题他至少要讲3

次。如果还有同学不懂,他可以讲四五次,极有耐心,直到全班同学都举手说,懂了!他再讲下一道题。曹老师的耐心、细心让支月英记住了一辈子,这才叫老师啊!不过,到支月英身上又增加了一份爱心。

一年级最后一课是《小扁担》。

"小扁担,三尺三,我家三代挑在肩。"她背诵着。

"我爷爷挑在肩,军粮担子送前线。"

"爸爸,爷爷送过军粮吗?"她问。

爸爸说:"送过。"

"呵!"

"我爸爸挑在肩,互动合作走在前。"

"爸爸,互助合作是什么意思啊?"她又问。

"是互助组,合作社,现在是人民公社。"

"呵!"

"我哥哥担在肩……"

"爸爸,我没有哥哥。"

"那就是你啰!"

"我推独轮车,不用扁担了。"她小脸蛋上充满了得意、神气的微笑。

"月英有志气。说不定我月英还开拖拉机呢。"爸爸言中了。月英真的学开拖拉机了。那是她中学毕业后的事了。

3

童年的日子过得真快。有爸爸妈妈相陪,有奶奶相伴,学校里有那么多同学。

用家里亲朋好友的话说,支月英是奶奶"惯大"的。断奶后她

一直与奶奶一起睡。奶奶一句话就要走了"抚养权"：小月英像小老鼠一样大，两个大人睡糊了心，手一拍，真像拍一只老鼠，不知把我月英崽拍成什么模样。

以后有了弟弟妹妹，父母也看出，奶奶明显溺爱支月英。支月英也乖巧，只要奶奶说身上哪儿痒，哪儿痛，她就会伸出小手去挠挠，去摸摸，深得奶奶欢喜。上小学了，奶奶经常牵着她的手走出好几里路，才招招手：走好呵，路上小心呵！然后才是目送，一直到支月英消失在远方。

犯了错误，妈妈举手要打，开口要骂，也是奶奶来解围。自己当老师后，她这才想到，孩子青春期时，老人真不能随便"呵护"啊。好在她平安地度过了青春期，在家乡的那段日子，她最喜欢做的事是奶奶周日带她到溪里抓泥鳅。先拦阻截一段小溪使之断流，然后把这段水放净，短短的河道干涸了，她们就脱鞋在泥泞里抓泥鳅。这种方法叫"筑堤放水"，它并不像歌曲唱的那样：

> 池塘里水满了雨也停了，田边的稀泥里到处是泥鳅，天天我等着你，等着你捉泥鳅。

要是她来写，她一定会这样写：奶奶带我去捉泥鳅，小溪河里水放干了，一条条泥鳅在泥泞里乱钻。奶奶，你看我胆子大不大，我敢捉泥鳅，我敢捉泥鳅，奶奶，你接住呵，一条一条又一条……以后，自己做妈妈了，却没能给孩子们留下过这样美好的有趣的回忆，她感到十分遗憾。

也许是妈妈管教严，呵斥她的时间多，童年时代她与妈妈交流实在不多。哪怕是几句简单的聊天，也是与奶奶说，悄悄话那更是凑到奶奶耳边细诉。天下妈妈哪一个会对自己的孩子不好呢？当她的两个女儿进入青春期，与她进行辩论、指责她后，她更多地想起妈妈，妈妈是世界上最累的女人，要做好女儿、妻子、妈妈、媳妇等多重角色。在人生路上，她与妈妈相比，做好了或担当起了自己的角色吗？自己做妈妈了，唱起《世上只有妈妈好》时，更多的是想起妈妈。妈妈识字不多，只会埋头种田，精心操持家务，她最大的希望就是让每个孩子都能背上书包上学，回家做作业。对嫁给大山的女儿，妈妈除了思念，剩下的还是思念。妈妈到大山里看了她一次，留下三句话："早点回家吧！""儿行千里母担忧，女行千里一样担忧。""再好还是家乡好。"支月英没有听妈妈的话，自己变成了奶奶还蹲在大山里。

儿时，妈妈有空会带她们到山上摘毛栗。毛栗有刺，妹妹常会大叫，扎手啦，扎手啦。妈妈会小心翼翼地把细细的刺从嫩皮小手的鲜肉中拔出来。树林不大，也有青松翠柏。

妈妈说："村子深处还有豺狼、野猪；湖边还有鸿雁、白鹭、蛇，家门口对面是一座丘陵，丘陵里有树和鸟巢。早上起来可以听到黄鹂与斑鸠的叫声，每天黄昏时，鸟群从屋顶上飞过。这时妈妈会说，"鸟儿也想家，断黑时分，鸟儿都回家了。"不久这些丘陵地都改造成桃林，平地种油菜，树上开桃花。

支月英特别喜欢蒋大为唱的《在那桃花盛开的地方》，唱着唱着，就想起家乡：春天看桃花，夏天赏荷花，秋天闻桂花，冬天品梅花，仰望白鹭飞翔，远眺天鹅戏水，这就是可爱的家乡啊！后来，进贤县西湖李家村辟了300亩地开发了桃花园，盖了徽式农舍，办起了农家乐。在桃花流水鳜鱼肥的季节里，家乡迎来一波又一波游客。此时，她已是深山里的一位乡村教师。她只能用歌声寄托自己对故乡的爱。父母多么希望女儿回到身边啊！好在父母对女儿宽容、信任、理解，倾注的全是爱。

三个大人养六个孩子,九口之家,全要靠爸爸,难哪!尽管爸爸有多门手艺,会种田、算账,会木工,会一点民间跌打医学,常帮人接骨疗伤,是生产大队的会计,但爸爸总是尽义务的时间多,谋利的时间少。

一次,她同村的一个同学爬树,把树枝当单杠,晃了两下,右肩关节脱臼了,送到村卫生所,没法复位,孩子父母准备送到张公镇卫生院。正好,她爸在村委会修桌子,村里人都知道支会计是个热心肠,会两手医道,就请他看。他摸摸说:"脱臼了,你咬牙忍忍,分分钟让你回去。"为了减少孩子的疼痛,支会计给孩子肩周喷了几口白酒,又在周边做了几次轻柔的按摩,拉起右手手指,托住肘关节,用力往外一拉,向上轻托,他自己大叫一声:"走!"肩关节复位了。孩子还没来得及哭,右手就能正常活动了。为避免再次脱位,他帮孩子做了一个悬吊带,托着孩子的手说:"走吧,可以回家了。我还有两张桌子没修完呢!"

爸爸治跌打损伤,很少收钱,有时还倒贴熬药的钱。爸爸常对她说:"做善事是积德。"

那时,她并不知道爸爸已是共产党员。爸爸没有讲大道理,也不会讲大道理,每次为村里邻居做了事,只喝一杯白开水,说一声谢谢,就走了。

她常为爸爸委屈,做了那么多好事,从不收钱,不收礼,也不宣传自己。

爸爸对她说:"别人为什么不请你,不请他,偏偏要请我,这就是对我的信任,对我的尊敬。信任与尊敬就是最大的回报。钱,这东西,生不带来,死不带走。活着也用不了多少,人活在这世上要弄懂最简单的一句话,就是助人为乐。做简单的一件事,就是帮助别人,快乐了自己。用党的话说,就是为人民服务。"

她从小就喜欢看爸爸总是带着微笑的脸。如今是84岁的老人了，还能做点木工活儿，那刻满岁月皱纹的脸，总是带着青年时代一样的微笑，慈祥善良。她深深地爱她的老爸。

要读中学了，家里有了中学生，全家人兴高采烈，奶奶特别高兴地说："月英为支家带了个好头。小小的年龄上中学了！月英，好好读，全家出力，供你读大学。奶奶为你鼓劲！"

初中在铜岭学校。初中留下的记忆太短促了，两年时间在唱革命歌，在写批判文章。在不断开批判大会的日子里，时光一晃就过去了。连老师的名字都记不清楚了。只记得周末赶回家的趣事，同学们都抢着坐路过学校门口的拖拉机。支月英开始长身体了，在班上年龄最小，个子最高，坐在最后一排。学校打扫卫生，公益劳动，她干活儿最多。因为个子高，她总是抢着做。周末学校大扫除，扫地、抹桌子，打扫校园，她是主要劳动力。她也特别卖力。做公益事情，她总是最后一个收工，最后一个离校。她出校门时拖拉机已是坐得满满的，有时拖拉机开走了，她放开腿追呀追。追上了，双手紧紧扒住挡板，右脚猛地往上一抬，勾住挡板，一翻身，爬进了拖拉机的舱斗里。如果放在当今，那可是违规犯纪，警察可以抓人，可使不得。可那时，山里交通不便，爬拖拉机与搭顺风车是常事，虽然也属违纪违法之事，但管的人不多，扒车成了深山里的年轻人的一门绝活儿，支月英是这门绝活的高手。一些爬不上车的男孩，远远地望着，充满羡慕地说："支月英又爬上了，唉！"男生们不得不敬佩这个身手敏捷的女同学。

进了高中就读高桥中学，离家更远了，便开始寄读生活。每周日晚上每个学生都会带上一罐腌菜与萝卜干，这是供一周吃的菜。

这段日子给她留下了深深的记忆。她当老师后，为什么要给寄宿学生送煮鸡蛋，要一起种青菜，一起吃饭？她知道孩子正是长身体的时候,需要营养,天天吃腌菜行吗?自己是过来人,她懂。

吃腌菜、萝卜干的日子虽然苦,读高中的日子却是快乐的。那个年代讲究实用,压缩了基本文化课,重点开设了农业知识与医学知识课。教育部门希望农村来的同学们毕业就能从事农业工作,或为今后工作打一点基础,比如回乡当赤脚医生,下乡当农民也能科学种田。那时,高中部学生有一半是上海知识青年,这也是那个年代的特色,同学们还学会了几句上海"爱鹅"。支月英十分奇怪,"话"这个字怎么在上海人嘴里说成是"爱鹅"呢?上海话变成了"上海爱鹅",她天真地想,也许上海人爱吃鹅肉吧。

卫生课老师教他们背处方、认草药。支月英记住了生姜红糖冲水治感冒,益母草活血调经。后来,她还吃过益母草膏。到了越王山,才知道,这山是盛产草药的一座山,也叫药王山。最有名的草药叫七叶一枝花。好好听的名字。

学医常要上医院卫生所,同学们又见证了支月英胆小,竟不敢看打针,不敢看流血。她怎么敢推独轮车?怎么敢扒拖拉机?有时胆大与胆小,真难区分呵!好在医农各一半,在学医学知识面前的胆小的日子就过去了。转学农业知识,下田间,去农耕站,参观育林,学习养鸡养猪。也许是农民的女儿,这些农活儿,一点就通,一看就会。不敢说干农活已是行家里手,至少做农活儿,她已是熟能生巧了。后来在泥洋,她开荒种地、种菜都是一把好手。

高中毕业了。当时,支月英已是他们家学历最高的人了,还要不要读书?奶奶希望她读,那时,已停止了推荐工农兵上大学,新的考大学政策还没有出台。就在这档口,奶奶想到了叔叔,在"共大"的叔叔。继续读书,读"共大"吧!

"共大"的全称是江西省共产主义劳动大学。听说,还是毛主席支持办的呢!

报名了,通知书很快来了,支月英被"共大"录取了,农机专业。校址在江西省奉新县,这次要离家三年了。

奶奶真有点舍不得,奶奶决定自己送孙女去学校,弟弟妹妹们真羡慕,要出县城呵!要过省城南昌啊!这可是大事啊!弟弟羡慕地说:"姐,这一去就是三年哪。"

"姐,寒暑假回来呵。"

"带我们去捉泥鳅。"小弟弟说。

"姐,教我开拖拉机呵!"

"姐,说好了,你教我唱歌、打球的。你都是篮球队员了!"

"姐,《映山红》这歌,我还没学会哩!"

平时没说的话,在这离别时统统倾吐出来;在这离别时,才感受到亲情的炽热,亲情的难舍。

支月英眼睛红了,她这才发现自己是一个好哭的姑娘,这眼泪怎么忍不住呵!

"爸,你自己好好照顾自己,我早上再不能帮你打草皮了。"

"妈,叫妹妹帮你洗碗、洗衣服了,我毕业回来,再帮你。"

"奶奶,你放心,我会自己照顾自己了,我都16岁了!"

奶奶不放心,奶奶一定要送她。若在今天,这两地只要两个半小时的车程,在40年前却要走两天。从家里步行到前途村,举手招汽车,到温家圳再坐长途班车到南昌。

旅行包里体积最大、最贵重的行李是奶奶精心为她缝制的一床被子。家里人多被子少,找了一张好被套,一条好床单。奶奶说:"月英,这被子大,你就一半盖一半垫,省一床棉絮。被单记得洗,棉絮记得晒,不怕与别人的搅混了,我在棉絮上绣了你的名字。"奶奶真细心。没想到,三年后,一个男生的盖被做了她的垫被,她的半垫半盖的被子成了两个人的盖被,她的名字盖在两个人的身上,爱情如期而至。

4

第一次出远门是兴奋的，激动的，何况是到省城。一路颠簸，直到下午才到南昌。南昌长途汽车站在市区，离八一广场不远。

到奉新县城的汽车要等到第二天早上，当天无论如何要在南昌市住一晚。乡下人舍不得住旅馆，就在汽车站的候车椅上躺一晚上，何况是热天，又不冷。

她说："奶奶，去八一广场看看吧？很近哩。"

奶奶说："不去了，累了，我们就在这里靠靠吧！你饿了就吃两块煎饼。"

饼是奶奶自己煎的，舍不得花钱买糕点。乡下人也没有几个钱可以花。那时，是记工分，不到年底农民口袋里是没有零花钱的。

"那，我去接一杯开水。"她说。候车室有饮水处，水是可以免费喝的。

月英陪着奶奶静静地坐在候车室里，咀嚼奶奶做的煎饼。奶奶说："记得常写信啊！"

她说："知道！"

奶奶说："别玩疯了，忘了回家！"

她撒娇地给奶奶轻轻地哼唱了一首歌——《谁不说俺家乡好》：

> 一座座青山紧相连，一朵朵白云绕山间。一片片梯田一层层绿，一阵阵歌声随风传。哎，谁不说咱家乡好，得儿哟依儿哟……

这算是对奶奶提问的回答。

奶奶笑了。奶奶没有听清歌词说什么，只记得不停唱的一句是：得儿哟依儿哟……

奶奶推了她一下说："鬼东西，月英崽呀，家乡好就是'得儿哟依儿哟'呀，你哄我是不是？"她看奶奶那认真的样子更笑了。

也许是真累了，她头斜斜地靠着奶奶身上，发出了轻轻的鼾声，进入了梦乡。

是回到了进贤？还是去了奉新？

梦里一路花开。

明天启程。目的地：奉新！

要读的那所学校叫：江西共产主义劳动大学奉新冶城分校。

1977年9月，她走进了"共大"分校，学生证上写着：支月英，农机，77级01班。

"共大"在奶奶心中并非空白，她知道这是毛主席支持要办的学校。

支月英听叔叔说过，这是所半工半读的大学，读书不花钱，还有助学金，自食其力，毛主席给这所学校师生写过一封信。这是江西省最大、学生最多的一所大学。

既然是大学，怎么会办在乡下呢？到了奉新县城还要往西南走60多里地，那个地方叫罗市镇冶城村。到了学校她才明白"共大"学的知识全部与农业相关，学生毕业为农业服务，办在农村就理所当然了。支月英没有想到她是最后一届学生，毕业后，"共大"一词成为历史。她的经历，乃至她的学生证成为历史的见证。在今天年轻人的眼中，"共大"是陌生的，是十分遥远的，人们对"共大"的评说众说纷纭，解读不一。

"共大"的首创在江西。

有必要讲述一点点"共大"创办背景与历史。这不仅是与支月

英一起回顾那段历史，也应是与江西乃至中国教育界一起追忆那段不能忘却或不能跨越的历史。

在江西，"共大"那段历史是一代人集体的记忆，凝结了那代年轻人的激情、奋进与思考。包括支月英走过的这段路、所受的教育，都与她的人生成长密切相关。

"共大"第一任校长是由省委书记刘俊秀兼任，党委书记由副省长汪东兴兼任。（1958年3月汪东兴离开中央警卫团，调到江西任副省长兼农垦厅厅长）从两位主要领导的出处，可见江西对这所大学重视的程度。

1957年春，干部上山下乡热潮涌动，各地建起了垦殖场。这年冬天，江西省委动员和派遣了5万名干部上山下乡开发建设山区。垦殖场如雨后春笋兴办起来，很多农民就近进入垦殖场。他们文化低，素质差，掌握技术困难，政府为了普及文化知识与提高农民的技能，办起了农村技校。

1958年春，汪东兴赴北京开会期间，曾去看望毛主席，顺便汇报了农村技校的事。毛主席说，你回去与邵式平省长商量办些学校，让上不起学的农民上学，好不好？邵式平曾与邓小平等人在苏联莫斯科读过东方劳动大学。汪东兴转达了毛泽东主席的指示后，邵式平即想到了这所学校，说：我看，江西也可以办劳动大学。

1958年6月9日，中共江西省委做出了《关于创办江西省劳动大学的决定》，不久定名为"江西共产主义劳动大学"。

1958年8月1日。

南昌市郊的梅岭镇，人头攒动，红旗飘舞。在锣鼓喧天声中，江西共产主义劳动大学总校宣告正式成立，全省各地创办的30所分校也同时宣布开学。

学校指导思想是：半工半读，勤工俭学。教学原则是：理论联系实际，做到课堂教学与现场教学、专业教学与专业生产、校内教学与校外生产实习相结合；实施学习、生产、科研三结合。对教师要求是：一人多能，教书育人。

1959年周恩来题写了校名，朱德为校刊题写了"井冈熔炉"。1961年7月30日，"共大"建校三周年前夕，毛主席给"共大"写了一封信，表示完全赞成创办"共大"的事业。1974年"共大"有分校108所，农田3000多公顷，山林24000多公顷，农村牧场及农所等工厂350多个，生产粮食1.8亿公斤，收入经费4亿元。1978年江西"共大"被列为全国重点高等院校，1980年，已获全国科学大会奖多项。（原载《当代江西史研究丛书·往事》，当代中国出版社2008年1月出版）

支月英非师范专业毕业，后来她成为优秀老师是有源可寻的。"共大"的教育理念与教育方法于她无疑是一种悄无声息的熏陶，有着"随风潜入夜，润物细无声"的作用。

1980年春，支月英提前半年毕业。这年11月20日，江西共产主义劳动大学结束了历史使命，更名为江西农业大学。各分校也纷纷改名，支月英读过的分校易名为奉新冶城职业学校，2000年迁到县城。

从创办到更名，"共大"毕业生达21万余人。总校10563人，分校202966人。

30多年后，有一位毕业于"共大"分校的学生写了一篇文章，这学生叫庄晋财，江西吉水人。他是21万余人中之一。他现是江苏大学管理学院教授，博士生导师，管理学院副院长。进入江苏大学前就读的学校是建在吉水白水垦殖场的"共大"分校，他赶上了改制后"共大"的末班车。

2016年8月，他发表了一篇情深意长的博文，结尾几句话，值

得深思：那种以培养农民，提升农民为导向的共产主义劳动大学的魂，在今天仍然对农村发展十分重要！我们应该像当初一样，将共产主义劳动大学办进农村。

发文时，他49岁。我写本文之时他已进入半百之年。

在弯弯山路上采访支月英的人生时，我想起了庄晋财教授说的这段话，他与支月英同是"共大"学生。一个在思考呼吁，一个在基层践行务实。支月英正自觉地或无意识地在为完成这个使命而奋进。她一直在埋头工作着，真正为教育农民、提升农民、发展农村做到了"从娃娃抓起"。她有意或无意地，自觉地担负起了这种使命，她是践行者，也是"从娃娃抓起"的先行者，在她身上看到了失落已久的"共大"的魂，一种与时代俱进，与时代精神相结合的精神在闪光，虽然很微弱，但一直在闪烁，不会熄灭……

---

*本章歌词引自歌曲《在那桃花盛开的地方》（邬大为、魏宝贵作词），《捉泥鳅》（侯德健作词），《谁不说俺家乡好》（杨庶正、肖培珩作词）。

年轻的朋友来相会

> 年轻的朋友们，今天来相会，
> 荡起小船儿，暖风轻轻吹，
> 花儿香，鸟儿鸣，春光惹人醉，
> 欢歌笑语绕着彩云飞……

5

凡读过"共大"的人都留下了难忘的回忆。21万人会不会有21万种回忆呢？至少奉新冶城分校77级01班70名同学会有70种回忆。多少年后，他们班同学第一次相聚，相聚的地方在奉新，一家名叫"煌客隆"的酒店里。那年月流行一首歌曲，歌名叫《年轻的朋友来相会》，大家禁不住唱起来了：

啊，亲爱的朋友们，美妙的春光属于谁？属于我，属于你，属于我们八十年代的新一辈！

这首歌流行时，支月英和她们班同学刚刚走出"共大"，没有

工作，前途一片迷茫，别说20年，20天后，能干什么都不知道。

后来，每个人的生活都有了着落，都成了家，都有了自己的事业。

这家"煌客隆"酒店的老板（现在大家都叫经理），就是支月英的男同学涂为高、女同学涂嗣菊夫妇。这家酒店开张后，这儿就成了班上同学聚会的根据地，就成了聚会资金的赞助处。

这时，应该是这帮老同学最快乐的时光。在这里，时间倒流，大家一起回到了青春岁月。

回忆叙旧、吃饭喝酒、唱歌装疯……

每个人心中都有自己的故事，有的深藏几十年了；每个都有自己喜欢唱的歌，一直在嘴边唱……

那时结下的友谊，是多么纯洁，多么深沉啊！那时学唱的歌，至今也不会忘，支月英最喜欢唱的那首歌叫《边疆的泉水清又纯》：

　　边疆的泉水清又纯，边疆的歌儿暖人心，清清泉水流不尽，声声赞歌唱亲人……

那个年代的青年人思想就像山泉一样又清又纯，又明又亮。支月英觉得自己就是这山里的泉水。

走进"共大"，听到的第一首歌是什么？想想，该是哪首歌？是因为有了"共大"，来读"共大"，这么多青年人才来到这里相会。相会是缘，相聚是情。这情牵动了他们一生啊！

支月英对"共大"的记忆，从手握通知书那刻开始就存在了。可触摸的记忆是到奉新后开始的。叔叔信中说得清清楚楚，他不会到县城去接她们的。虽然他是司机，手中握有开一辆车的权利，但他不会去私用。叔叔只告诉她，在汽车站买票到罗市镇，到冶城下车。"共大"名气大，谁都知道，下车问路，进了大门传达室就会有人告诉你们怎么报名。

祖孙俩照例不出汽车站大门,照例咬两口薄饼,照例排队买票,照例靠在椅子上打瞌睡。广播里叫上车了,祖孙俩牵着手走过检票处,上车。60里地,穿过乡镇集市,穿过村庄山路,颠颠簸簸,到了。一路上,奶奶发现:奉新话好难懂,好像是在听外国人讲话。不过这山哪,比家里山更高更绿;这水比家里水更清,更亮;地也平,草也绿。

"难怪你叔叔不愿回家去,想必这方水土好养人。"奶奶说。

支月英说:"奶奶,你没听叔叔说,这儿出大米,这儿大米养人哪!"

"那,你会长得更高更结实呵!"奶奶说。

"那有什么不好!个子大,结实,当运动员呗!"她回答。

奶奶提出了一个"严峻"的问题:要求她会听会说奉新话,否则怎么与人交流啊。奶奶急。

奶奶,你也真是,皇帝不急,太监急,年轻人都说普通话呗。

这山,这水,这刚刚收割完庄稼,又刚插上绿秧的平平的田地,一片一片从车窗里向后退去。这里美好的景致——留在祖孙俩的心里。

停停靠靠,"共大"到了。第一次远离家(以前离家每周回一次,现在是住校了),要在这儿生活三年,虽然叔叔家在校区里,毕竟是叔叔啊。想到自己要学会独立生活,支月英有点小激动。下车,问路,向学校大门走去。

校园里有很多学生,打球、唱歌、挑水、浇水。操场上学生们一个个生龙活虎,你追我赶,热气腾腾,与中学相比,女生真不少。串串笑声如银铃一般。奶奶也望花了眼,说:"月英,你看那么多人争抢一个球儿,我看是玩疯了。"

"奶奶,那是篮球比赛,每边5个人,共10个,争一个球。"

"呵呵,你也是会打篮球的,你是高手啊。"

一队人在练唱歌,好熟悉的歌曲:

  长鞭哎(那个)一呀甩吔

  叭叭地响哎……哎咳依呀

  赶起(那个)大车出了庄哎哎咳哟

  ……

这是电影《青松岭》的插曲,支月英会唱。这熟悉的歌声把她与学校拉近了,给她一种极强的亲切感。她也跟着旋律哼起来。

唱歌是支月英对希望的寄托与向往,是对艰难困苦的抗争与藐视,在往后的日子里,一首首歌曲伴随她成长,成熟,伴随她度过寂寞、疲劳、痛苦的岁月,渡过一个个难关,伴随她发辫从乌黑到花白……

啊,这真是大学啊!是"劳动大学",与城里大学有什么区别呢?支月英在这里会受到怎样的教育呢?

6

16岁的支月英开始了新生活。

她们班有70个同学,人真多呵;12个人住一个寝室,真拥挤啊。支月英高兴,人多,热闹,好!

她睡上铺。她把被包拆开,抖一抖,铺上床,一切都是跪着操作,挺着腰,头就顶着房顶了,她轻巧地跳下来。下铺姑娘热情地问她:"你姓支?支月英是你?"她点点头,瞪大了眼睛,很奇怪,为什么提这样的问题。

"没什么,没什么,是我少见多怪。我第一次看到支月英的名字,才知道支可以当姓用。我在花名册上见到过你的名字。"

"那，你怎么对上号了？"支月英问。

"呵呵，你被子告诉了我这个小秘密。"原来是奶奶怕学生多，晒被子时，搞乱了，分不清你我，在被子的一角绣上了"支月英"三个字。在农村，弹棉花，打棉絮时，农民都喜欢在自家的棉絮上用红丝线绣上自己的名字与年月日。一是做记号，二是表纪念。农村民俗是棉絮上只绣男性名字不绣女性名字，奶奶破例了，给她留下了进大学的另一种纪念方式，奶奶真有趣。

支月英也热情地问："你叫什么？"

"我叫陈久莲。"

16岁正是青春期的年龄，当今的孩子可以撒娇，可以逗比，可以炫摆，可以装酷。那个年代，农村的孩子大多挑起了家庭生活的重担。尤其是女孩，大多在家里待嫁。支月英是幸运的，有书读。她将与陈久莲一起生活在这个集体里。

班上同学大多是奉新本地人，没有人说普通话，支月英想象中的大学生都讲普通话，只能在梦里。很久以后她才知道，只有她和一个叫钱小萍的女生是外乡人，钱小萍来自江苏，她也不懂奉新话，因为无法与老师、同学沟通，劳动时常常一个人偷偷地哭。

睡前，支月英扶在床上，把头低下，亲切地问："陈久莲同学，你是奉新人吗？"

"是呀！"

"你可以教我说奉新话吗？"

"可以呀！以后我每天用奉新话叫你，现在就开始，跳起！跳起！"

支月英问："我睡在床上，跳什么呀！"

陈久莲笑了："跳起，跳起，就是起床，起床的意思！叫你起床，

记住了!"

"呵,记住了!跳起就是起床的意思。"支月英说。

陈久莲大支月英两岁,她发现支月英有两个优点:从不生气,脸上总是带着笑意,虚心好学,总爱与同学一起讨论;重话、丑话她都不往心里去,好话、坏话她都会回之一笑。谁都可以叫得动她帮忙,谁都愿意与她交朋友。她人缘好,谁都愿意帮她做事,尤其是男生。很快,两人成了好朋友。

有意思的是,班上 70 名同学,学历参差不齐。大学按理应该都是高中生毕业,"共大"则不然,为了照顾农村学生,扩大了招生面,有初中生,还有个别小学毕业生。学农机,农业知识当然不受影响,学语文也可以按部就班。学数学、学物理那真是天哪天,小学生、初中生是读天书,都跟不上趟。教数学的刘传金老师有时也真一筹莫展。回想起来,真像在农村乡村小学的复式教室上课。一个房间里有三年级、四年级,甚至五年级的学生,谁听得懂,谁就认真听;谁听不懂就各做各的事。好在刘老师十分耐心,总是说:"不懂就问,不懂就问。"又说:"课堂上不敢问,不好问,可以到办公室去找我问。"

谢红莲是初中毕业生,课堂上没听懂,也不敢问。说句实在话,还真不知从哪儿问起。支月英有问题想问,但年纪小,胆子小,也不敢问。陈久莲阳光、胆大,高中毕业。她常去刘传金老师办公桌前问这问那。支月英知道陈久莲懂了,就找到陈久莲,陈久莲对支月英进行"一对一"的辅导。后来,支月英也会搭"便车"跟着走进刘传金老师办公室,跟着听。没懂的,两人一起再问。似乎老师没有什么可怕,提问也不胆怯了。两个人问懂了,回到教室、寝室挑起辅导任务。不会做数学题的同学找陈久莲和支月英时,心理负担几乎是零,她俩成了"二传手",在人生路上第一次像模像样地做起了"实习老师"。

支月英又找到一个"老师"，是她的同学钱小萍。她觉得钱小萍的作文特别好，为什么我就写不好呢？教语文的一位老师，不能说不认真，只是表达能力差一点，同学们都不怎么喜欢听他的课。开口第一声是"啊"，说了一句话又是"啊"，"啊"声后要停顿好久，像领导做报告一样，同学们可不乐意了。小学毕业的几个同学为了表达不满，对着作文簿生气，不做，或乱写几句话敷衍一下。

老师教语文的效果记忆犹新。在支月英选择了老师这个职业后，竟无意地回忆起来，是啊，再有水平，再认真负责任，如果不能很好地表达，未能进行有效的沟通，同学们自然不买账！作为一个好老师，语言流畅地表达多么重要啊，支月英没有用放弃作文来表达不满。相反，她希望自己的作文更上一层楼。她虚心向钱小萍讨教，钱小萍是江苏姑娘，江南秀女，小巧玲珑，刚开始还不太乐意。后来，钱小萍发现，支月英真好，"共大"同学要经常参加劳动，劳动任务分配到班组，甚至个人。如果是集体劳动，班上同学都会照顾小个子钱小萍，如果落实到个人，钱小萍大多数时候是要掉眼泪了，那是砍山竹的日子，砍断、打捆、搬下山，同学们一个个扛在肩上往山下走。陈久莲、钱小萍扛不动，蹲在那儿偷偷地哭，支月英走近说："我帮你们一把吧！"

"会压坏你身体的。"钱小萍胆怯地说。

"不怕。你看我腰粗着呢。"支月英说。

支月英肩上有了一捆，钱小萍真不忍心要她帮忙。

支月英说："你不要怕，我力气大。这样吧，把一捆竹子放在我右手，我搂着。你们俩抬一捆就行。"

支月英右手夹一捆，左肩扛一捆，健步下山。

这年，她17岁。

这年，她是班上的女生委员，"共大"学生会的学生委员。

在学生会的工作中她懂了什么叫"以身作则",什么叫"助人为乐",懂得了集体的力量,知道了团结同学,学会了组织工作。"共大"这个平台,让她有了经风雨、见世面的经历。她常问自己,我是班干,我自己不带头,我能叫同学做事吗?她在成长、成熟。

钱小萍与她成了朋友,别说讲作文,讲什么知心话也没有阻隔。钱小萍说,其实写作文没有什么招数和秘诀,就是多读书,多背书,唐诗宋词,好散文,一辈子受用。至今,她们还有微信来往。

班上劳动时,不仅仅钱小萍一个人偷偷哭泣,其实,还有好多女生也在偷偷哭泣。这时,一些男生伸出了友谊的手,帮助扛,帮助搬,帮助挖,这是单纯的同学情,在不知不觉的一天,突然上升为爱情,他们班许多人被青春撞了一下腰,竟然在"共大"读书的日子里成就了六对夫妻,那是后话。

支月英不知道体育老师杨剑秋发现了她的潜能。

入校后的第一次运动会上,她初露头角。第一轮比赛,就十分亮眼,中长跑无可争议的第一;手榴弹、铅球项目都名列前茅,尤其是手榴弹,一出手就破了校纪录。她身材出奇的好,杨剑秋老师发现了这个好苗子,选她进校运动队。不久,出任篮球队队长,当然,田径赛也有她的项目,她成了学校体育运动的"全能"。

全寝室女生都以为她荣。首先,她是寝室的佼佼者,其次,才是班上的佼佼者。

支月英对陈久莲说:"劳动你不怕苦,是吗?也参加运动吧!"

陈久莲说:"我怕苦,怕累,压腿,不停地跑,我吃不消。"

支月英说:"劳动一样苦,你怎么能挺住呢?"

陈久莲说:"那不一样,劳动累了,我想歇就歇。体育锻炼不行,一个动作做到底,好难坚持。"班上另一个叫龙凤华的女同学加入了篮球队。支月英总算有一个伴了。

陈久莲早上再不需要用奉新话"跳起""跳起"呼唤她起床了。支月英会自觉蹑手蹑脚地下床走出寝室。她怕惊动室友的好梦。早起锻炼，如果训练不按时解散，早餐都没了，陈久莲每天负责排队为她买稀饭和馒头，晚上为她打水，寝室的同学都是她的好后勤。

当时"共大"的体育场在奉新县已有了一定的"知名度"，有三合土铺就的400米跑道，篮球场、排球场、足球场，跳远、跳高的沙坑，单杠、双杠样样俱全。不管在冬雾朦胧的早晨，还是在夕阳西下的夏日黄昏，操场上第一批跑步的身影里总有支月英。她先做准备活动，然后慢跑。严格按杨剑秋老师的要求，400米的跑道一定会跑完四圈。短跑运动员在练起跑，途中跑，冲线；她在练高抬腿、后蹬跑、转身跑、摆手、甩手、提髋、旋转腰。后来，支月英除了教语文、数学、音乐，还教体育，不能不说得益于"共大"运动队的严格规范化的训练。

每年在奉新县举行的学生运动会上，她无疑总是获奖满满的。篮球冠军，中长跑全县第一，铅球、手榴弹榜上有名。

第一次捧着第一名的奖品，她热泪盈眶，她急于与同学、家人分享。告诉叔叔，转告奶奶。快乐与幸福要迅速在朋友、亲人中传递，那时没有手机，没有电话，只有写信，或学校宣传部门拍摄了一张照片，洗几张，寄回去，那是一个半月后的事了。

"共大"篮球队有幸被选拔代表奉新县参加省级赛，地点在江西省上饶市。

杨剑秋老师心中有数，自己所带队的水平，能去上饶，已是展现最高水平。获奖有一定难度，但还是不停地训练，每一个队员，要求打出风格，打出水平，体现冶城"共大"的精神。

队长支月英个子高，会抢球，打后卫；副队长莫小英灵活速度快，打中锋。尽管配合默契，队员尽心尽力了，最终还是输球，兵败上饶。

冶城"共大"篮球队合影(第一排左三为支月英)

那晚,大家心里十分沉闷,也许在奉新常处在赢球状态,离开了县城才知"山外有山",比赛过程中,队员没有听到杨老师的批评、指责,更多的是鼓励和表扬。

"月英,你刚才跳得很好!超前了一点。注意,盯好对方,要看球,还看好人,比的是体力、技巧,更多是心理战!"

"月英,对方后卫个子高,你不必直冲,可以斜传,传到右角让队友投篮,不错,就这样。"

上车后,看见队员们低着头,杨老师带头唱起了歌,说:"来唱支歌吧,提提神。月英,你起个音。"

幸福的花儿心中开放,爱情的歌儿随风飘荡,我们的心儿飞向远方,憧憬那美好的革命理想……

歌声伴随她们回到奉新县城。这首歌很快在"共大"流行开来,成了人人喜欢的一首歌。

队长支月英明白了杨老师的心意，比赛总有输赢，总有胜败。作为一支篮球队，不仅仅是提高球艺，而应把比赛视为球队身体与心理锻炼的基地或场所。

要学会拇指教育，不要过多指责某一个人，而要学会团结全队的人，与他们一起奋进。

这样，生活才会永远充满阳光。

7

有阳光，也有阴霾；有歌声，也有叹息；有温馨，也有艰辛。这才是生活和经历。他们的心儿也飞向远方，那时，远方有诗吗？

"共大"都有自己的农场林场，叫劳动基地。学生不用交学费，基地的粮食可以供同学食用，经济作物收入可以作为办学费用。

初中、小学学历的同学更喜欢劳动课，在校外唱唱山歌，干干农活，不亦乐乎。那时，一些同学来校最主要的目的是想学会开拖拉机,学点科学种田的技术与操作。这时,一部极端反映江西"共大"生活的电影《决裂》刚刚上映不久，电影中的歌曲很快在学校里流行开来。

劳动基地离校有4里路程，一路上，大家唱着电影《决裂》中的插曲：

满山的松树青又青啰，满山的翠竹根连根啰，新型的大学办得好喂，她和工农心连心啰……

每次歌曲结束时，正好要过一座铁索桥，这是去劳动基地的必经之路。桥下是湍急的河流，水不深，很急。从上往下看，还真有

点惊心动魄。铁索链上放着几块木板,有些男生使坏故意摇着铁索,别说走路,站在上面都能让人胆战心惊。

有的同学鼓励说:"想想红军过大渡河吧。"

红军还要冒着枪林弹雨冲过去呢!这样走应该是"胜似闲庭信步"啊!

女生反驳说:"站着说话不腰痛。你冲过去!冲啊!"

怕或不怕,每次劳动你得从桥这边走到那边;走或不走,这桥这激流每次都在你的脚下。这桥再难也得过。

支月英在家见过这样的桥,那时不是走过去的,是爬过去的,或者说,手脚并用爬过桥的。这里,这次,不是第一次,不是开始,自己是女生委员,是运动员,再这样爬过去,是不是太渺小了?第一次,她叮嘱几个男同学帮忙扶稳链条,她手扶链条,脚踏摇晃的木板,小心翼翼走过去了;第二次,胆大了,不敢说"闲庭信步",至少,行走自如,即使桥索在晃,她也能顺应那个节奏,手扶链条,稳住不动。

"行啊!"男生都为她点赞。她现在记不清了,不知那几次扶铁索的男生里,有没有自己未来的丈夫。后来,高兴时,丈夫说:"有!"不高兴时,丈夫说,"我才不会扶你哩!"

支月英也大大方方地回应:"扶与不扶,我不是走过来了吗?"年轻人的对话就是这样有趣,有情,有味。

因劳动互助,谈恋爱的人多了,男生勇敢地、大方地扶着自己喜爱的女生过桥已是常态,是去基地劳动的一部分。

劳动的内容很多,其实就是普通的农活儿:上学那阵子赶上"双抢"(抢收、抢种)的插秧,农村来的男生个个是能手,城镇的女生,大多是新手,只能靠男生来教了。这又让男生多了一次对女生表达友好的机会。

"来，我来教你。"插秧变成了男女配对了。

坐在田埂上休息时，不知是谁又领头唱起了：

满山松树青又青啰，满山的翠竹根连根啰，新型的大学办得好咪，她和工农心连心啰……

这首由江西山歌改编的插曲，朗朗上口，的确好听，学生们都爱唱。尽管有点累，但激昂动听的歌声，一下又把青年人的情绪调动起来了，大家忘记了疲劳，合唱变成了男女对唱。许多青年人心知肚明，男生向女生表达的是"根连根啊！心连心啊！"

歌声结束，一个男生调皮地说："其实，我早看出来了，你们几个人哪，早就男男女女心连心咄！"

熊尤江和杨金堂是一对，涂为高已对涂嗣菊展开了攻势；邹信端、胡春兰也从水下浮出了水面；至于支月英自己嘛，和蔡江宁同学进入了现在进行时……谁有意，谁无意，谁主动，谁被动，只有他们之间心知肚明。

插秧回来的路上，久莲说："我们到河边洗洗脚吧！回去是冲洗，这儿也是冲洗，一样的。"

走到河滩边，两人坐下把脚伸进清澈的水中，凉凉的，水在流动着，也像在抚摸着脚，好惬意啊！久莲摆动着双脚，突然，一个小小的浪花翻过，久莲那双塑料凉鞋被水冲走了。

"哇，我的鞋，我的鞋！"久莲大叫。望着随波而去的鞋子，久莲哭了起来。

那个年代，一双塑料鞋要陪农村孩子度过三个夏季，或更长的时间。孩子们睡前总是把鞋子洗得干干净净放在床前晾着。如果贵点，漂亮一点，更是倍加爱惜，男孩子整个夏季只有两双鞋，回寝室一双拖鞋，上课、上街一双塑料凉鞋，劳动还打赤脚。山里人，节俭啊！

望着陈久莲布满泪水的脸，支月英没有犹豫，撒开腿就跑，她要追上那双鞋。支月英也是农村来的，她知道一双塑料鞋在穷孩子心中的分量。她追不回来，这个夏天，久莲就有可能打赤脚。终于看见那双鞋了，它们在水中起伏，她好像中长跑最后的冲刺，"扑通"一声，跳下水，抓住鞋，高兴地举起来，喊着："久莲，久莲，鞋子找到了！"

陈久莲感动得有点呜咽，她接过鞋子："月英，谢谢你！你是运动员，跑得就是快。"

"不，不，你跑得也快。你看，你光脚板，自然比我慢点。"

最富有诗意的劳动是采茶和种植油茶。

采茶时可伴唱采茶歌，有好多这样的歌曲，如《请茶歌》：

　　同志哥，请喝一杯茶呀，请喝一杯茶，井冈山的茶叶甜又香啊，甜又香啊……

种植油茶是另一个概念了。油茶，顾名思义是种子可以榨油的植物。现在农贸市场出售的茶油都是茶籽榨的。榨后的渣叫茶饼，是农药，又可作肥料。春天里油茶开花，白色，很美。同学们最爱的，是每年春天茶树会长出果实，叫"茶包"，没有成熟时是粉红色或淡绿色，成熟后会脱一层皮，里面的肉质是黄色的、银色的，反正颜色淡淡，十分可爱。对于"共大"学生来说，可爱的不仅仅是颜色，而是食之有味，咀之有香，服之有营养。肉薄的吃起来香，肉厚的吃起来水分多，采撷回家，晾一段时间，有点蔫，咀嚼味更悠长。也有叫"茶籽包"，山茶包，在春季长嫩叶时变厚的"茶耳"，俗称狗耳，木子耳，凉耳。

几十年过去了，同学们看到茶树，就会想起"茶包"的味道，就会想起那一朵朵白色的小花，想起含在嘴里那个香味。

同学们最愿意上的课是农机课，在山路上开丰收27型拖拉机，在田里开手扶拖拉机。班主任吴发根教农机，兼教数学。那时，老师奇缺，学校老师大多是留校，自己培养。全班70名同学，2辆拖拉机，一周在路上教丰收27，一周在田里教"手扶"。勤快的同学抢着学，人多车少，个别同学到毕业，还没坐过拖拉机。

那个年代，一个农村青年怀揣一本《丰收-27型拖拉机保养》或办公室贴6张连环画样的宣传画，农村叔叔伯伯一定会说："厉害呀，我的爷！"

图上写着：丰收牌27型轮式拖拉机，四缸直列式四冲程柴油发动机，27马力。"农业机械化"是那个时代提出的口号，是每个农民的向往。还有顺口溜：丰收车27型，犁耙耕，全精通，绿车身，江西产，如今看，梦里现。

1953年，中国人民银行发行的第二套面值1角的人民币，图案是拖拉机；1969年，中国人民银行发行的第三套面值1元的人民币，图案还是拖拉机。丰收27是江西拖拉机制造厂生产的。那时山里没有长途车，能搭上拖拉机可都是有"背景"的人物，能学会开拖拉机那多神气啊！支月英在家乡进贤早学会了扒车，学拖拉机，自然不会落后，总是抢在前头。

在70名同学中，她最早爬上了拖拉机，吴发根老师带着她踩动离合器，许多话在课堂上讲过，围着拖拉机已见习过，但今天真的踩离合器握方向盘了，她又一次激动起来。吴发根老师反复说，胆大心细，眼看前方，集中思想，不开小差，快离慢合，握好方向盘……

支月英兴奋得紧张了。练车的地方总是在人烟稀少的山路上，没有陡坡，拐弯处是农田，是坑，支月英手握方向盘，没打稳，过了，车子差点陷到坑里，幸好吴老师抢过方向盘，对她生气地吼了一句："你心里想什么？找死啊！"望望车外，才发现，如果不是吴老师手快，用力均衡，拖拉机还真的要侧翻。

"你呀！你是一个挺细心，挺灵活的人。今天怎么了？记住，上了车就要专心、细心，不能粗心大意！开车是人命关天的大事。"吴老师说的，支月英记住了。

刚进校时，70名同学对未来还真没有什么想法。那时提倡哪里来哪里去，除支月英、钱小萍几名外地同学回家乡外，其他都是奉新县乡镇来的，各自回到各自的故乡呗。当个拖拉机手，这是最美好的工作了。那时，几乎没有女子开拖拉机，开汽车的也是罕见了。支月英能回家乡当女拖拉机手，该是多么崇高的、光荣的职业！父母一定高兴，奶奶一定自豪。支月英有时想到自己坐在拖拉机上的画面，就忍不住笑起来。那不和这宣传画一样？戴一顶劳动帽，穿一身蓝色工人装，多神气啊！

还有一年就毕业了，家乡的山家乡的水在召唤她。

进贤，我要回来了。

奶奶，爸，妈，我要回来了。弟弟，妹妹，我要回来了！

---

*本章歌词引自歌曲《年轻的朋友来相会》（张枚同作词），《边疆的泉水清又纯》（凯传作词），《沿着社会主义大道奔向前方》（张仲朋作词），《我们的生活充满阳光》（秦志钰等作词），《"共大"赞歌》（春潮、周杰作词），《请茶歌》（文莽彦作词）。

我被青春撞了一下腰

我被青春撞了一下腰，
笑得春风跟着用力摇，
摇呀摇，摇呀，
我给你的爱有多好……

8

大学是恋爱的季节。

大学时代的恋爱往往会改变一个人的人生轨迹。

20世纪五六十年代的大学明确规定，大学生不允许谈恋爱，但在最后离校时还是会有"突击手"，找到缺口，进行人生的组合，改变了自己的人生。"文革"时期的大学停止招生，再后来，专招工农兵学员，好多工农兵都是已婚或大龄青年，恋爱之规自动破解，不成禁令了。"共大"生多来自农村学校，中学时代没有恋爱一说。进了"共大"后，学习在一起，劳动在一起，男女互相帮助，有时非常需要这种帮助，感情沟通有了渠道，上山途中，田间小路上，稻田耕作之日，背竹扛稻之时，都是牵手的好时辰。一个班上四五

对并不算多。"师生恋""姐弟恋"都不算新闻,恋爱的季节自然有爱情的花儿开放。大家喜欢唱《我们的生活充满阳光》这支歌,关键是歌曲里有两句很美的歌词:

> 幸福的花儿心中开放,爱情的歌儿随风飘荡,我们的心儿飞向远方,憧憬那美好的革命理想……

爱情在那个年代是不可言传的,是可遇不可求的一朵神圣的云彩,有时即来即逝,只在梦里。终于,在毕业季,突然,来了。

爱情婚姻不仅改变人生轨迹,还有趣地改变了人生的"辈分"。

吴发根老师高他们三届,他们进校,吴老师留校。半年后宣布接替刘传金老师当班主任。又过了一年,支月英同班的女生曾继爱悄悄地走进了恋爱季。同学们也悄悄地传开了,同班同学居然成了"师母",曾继爱也不好意思地说:"同学就同学,谁要你们叫师母。"

更多的还是平起平坐。支月英也和同班同学一起走进了恋爱季,那时候男女交往是单纯的、真挚的、无邪的。国家刚从十年动乱中走出,一切都在起步。突然宣布,学生毕业后要自谋出路,这是最后一届"共大"毕业生了,等待7月吧,放假的日子,去找工作吧。又突然宣布,提前半年毕业。在1980年3月的春天,全部发毕业证,离校。68名奉新同学自己回县城乡镇找工作。

钱小萍肯定回江苏,支月英肯定回进贤。

然而,同学们发现支月英的"肯定"是回不了进贤,是铁定的要留奉新,因为奉新的一个男生爱上了她。

支月英在"共大"算得上是"知名"人物,个子高,颜值高,体型美,爱好多——打球、跑步、唱歌,在很多男生心中是"明星"级人物,是那个年代的"校花",暗恋她的人不少,但不敢开口。

一是她年纪还小，进校时刚满 16 岁，在学校里度过 18 岁成人的生日；二是高个子男生不多，站在她面前自愧不如。有一个男人例外，他悄悄地不动声色地接近了她。这位男生叫蔡江宁。

论个子，比支月英还稍为矮一点点；论成绩，也不及支月英排在前面；论容貌，比他颜值高的男生还真有不少；论业余爱好，也差几分；论家境，没有一点值得羡慕和夸奖的。支月英偏偏选择了他。

蔡同学的家在奉新县澡下乡。其实，他们蔡家也不是奉新县人，是从湖南来的移民，在澡下林场落户，父亲早逝，母亲与几个孩子相依为命，孩子多，他是老四，长子为父，是哥哥带着弟弟妹妹长大的。用现在的眼光看，是个"贫困户"。

在学校里，蔡同学大胆地恋上了支月英，不知他从哪里弄了一辆旧自行车，对支月英说："我教你骑车吧！"

那个年代，能借一辆破旧自行车也是一件了不起的举动，敢请支月英并扶她学车，也真够"勇敢"。支月英欣喜地接受了邀请，高个子运动员，学骑自行车是"小儿科"节目，双脚一点地，停；双脚一踩车，动。蔡同学在车后为她扶稳。就如妹妹坐船头，哥哥把舵一样，只是没有伴奏。蔡同学额头已是大汗淋漓，支月英心痛地递上手绢说："揩汗。"

"不用。"蔡同学说。

男生是不用手绢揩汗的，大手一抹，递上一个微笑说："累啵，不累再来。"

一次，又一次。当蔡同学松手后，支月英并不知道，她蹬着脚踏车子向前，她听到了身后的掌声和笑声。支月英双手没松，双脚更省力。支月英也笑了。

就这样，蔡同学与支同学有了走近的语言：下次我再借一辆，巩固巩固车技。

金钱是诱惑,食物是诱惑,学骑自行车也是诱惑。真不知道,这是不是叫恋爱,几乎没有什么对话。连相互搀扶的动作都没有,想伸出手紧紧握一下,伸出去了,又缩回来了。两人说话都有一定的距离,胆怯,心慌呀!

两人在一起时似乎少了许多尴尬与局促。

春暖花开的日子到了,"高龄"同学纷纷确定恋爱关系、订婚或者结婚。

蔡同学没有,支同学也没有。

不过,蔡同学悄悄地给支同学写了一封表达自己爱恋的情书,可惜还没有到支月英手中,就在同学中传开了。支月英还蒙在鼓里。

支月英决定回进贤找工作,或继续深造,考能学到一种技术的专科学校,她走了,她回家了,她准备走一条新路。

几天后,支月英弟弟大声叫着:"姐,我家门口站着一个人。他说是你同学,要找你。"支月英从屋里出来:"哇,是蔡同学。怎么是你?"惊讶!很惊讶!

"是我。"

"有事?"支月英问。看到同学当然高兴。

"特地过来找你。"蔡同学说。

"找我?"支月英十分奇怪。我能办什么事?支月英想。

她对蔡同学印象还不错,在班上,在学校,在同学们印象里,他是一个助人为乐,极富于正义感,极重情谊的人。朋友有事找他,他绝无二言。

支月英惊讶地问,"你怎么找到我的家的?"

"路在嘴上,天下事难不倒有心人。"他说。

还真有本事,他竟从同学们通讯录上写的地址,按图索骥,步步寻问,找来了。支月英还真有点激动加感动。请他进屋来坐。

家人都看了一眼。这男同学比月英还矮，来看月英吗？终于实话实说了，他是来求婚的。妈妈第一个反对，我家这么好的闺女，怎么能嫁到外地啊！再说，对蔡家一点都不了解。

蔡同学不动声色，在这春末夏初之夜，他对支同学说："你不是想考专科学校吗？我哥哥、嫂子都是大学生，他们可以帮你辅导，你跟我去奉新，一样可以读书，我陪你，只要你愿意，我会陪你一辈子，你不愿意，我就想你一辈子。"

这话，好感动啊！充满诗意。

我还小，还没到结婚年龄，支月英想。

"我没说结婚，只说对你好啊！去奉新吧，我们家那儿水、空气都是甜的。"

那个年代恋爱真简单，结婚真简单。

这两年半，从进贤到奉新她跑了多少次。

1979年5月回家与奶奶告别。奶奶周年忌日刚过，就来了蔡同学，也许是想走出对奶奶思念的痛苦，也许是想摆脱青春期妈妈"严管"的阴影，也许想找一个清静的地方复习功课，有人辅导，还有人关爱。蔡同学的关爱正是她所期盼所需要的，就这样，几十天后，支月英真的去了奉新，去了离奉新县城40里地的澡下乡。

这次外出真有点孟浪，有点仓促。是长久离家，还是暂时居住，是谈恋爱，还是立马结婚？她自己是一头雾水，是跟着感觉走。准备走的头天晚上，她准备行李，一切行囊照旧，没有增加一物，没有减少一物。就像上"共大"那样，说走就走。失去了奶奶的溺爱，她似乎觉得生活少了很多滋味。也许，走出去会多一些情怀，多一些浪漫，多一点向往。到了熟悉的县城换车，去了陌生的澡下乡。

第一印象是，这个地方山青水绿。

蔡同学家什么都好，就是穷。别说房子、车子、票子，就是放

床的地方都没有,他们寄住在哥哥的家里。

哥哥是林场助理工程师,嫂子是"共大"总校(在南昌市梅岭)毕业的,说起来还是校友。哥哥嫂子看到这样一个漂亮的姑娘,都高兴。林场职工都投来了羡慕的眼光,说蔡工的弟弟真有本事,找了这么个漂亮媳妇。这样的议论,支月英一点都不知道,支月英说:"那时,我们还是同学,怎么会是媳妇呢?"不久,引来了一次小小的围观,让支月英脸红了几天,幸福不是毛毛雨啊。再后来,支月英说:"他被子做垫絮,我的那床有'支月英'三个字的被子做盖絮,两个人的被子放在一个床上就算结婚了。"

床上没有床单,哥哥嫂嫂为他们买了一床新床单,是新婚礼品,也是唯一的纪念品。

支月英接受了清贫。从那夜开始,蔡同学就成了"老蔡"。

虽然是苦日子,还是留下了许多美好的回忆。洗衣弄饭全是老蔡一个人包了。老蔡下厨的手艺不错,炒的每盘菜都可口。一碗豌豆,一碗土豆,几片红辣椒,有色有味,偶尔一碗韭菜炒鸡蛋,挺香的。那个年代,就是没有肉,老蔡也会到山里搞点野味。

小日子只过了几个月,传来了澡下林场要招小学老师的消息。

老师是支月英向往的职业,她欣然同意了。也去澡下采育林场报了名,填表,准备考试。报名的人数近20人,考试科目是语文、数学。语文除作文外,还要考拼音,她小学没有学过拼音,那正是停学的日子啊!结果,拼音成绩是零蛋,她做了名落孙山的准备,继续准备考大专吧。尽管拼音成绩是零蛋,还是没有阻拦她榜上有名,她数学、语文都是高分,共录取4名,她是四分之一。她被分配到离澡下乡还有60里地的大山中的澡下采育林场泥洋分场小学。

去泥洋的路程有60里地,是弯弯的山路,难走。那时,长途汽车只到观下村,她要在最难走的山路上步行20里地才能到达她任教的泥洋小学。

澡下人除了护林员，几乎没人到过泥洋。老蔡哥哥是老林场，他到过。他说："远。"那时没通车，全靠双脚走，日夜温差大，冬天大雪封山，进出困难。

还有人说："晚上还有豺狼出没，野猪寻食，能听得见猫头鹰叫声。第一次听，全身毛发都会竖起来，好可怕。"

支月英没作声，听着，突然插一句："既然那么恐怖，怎么还办了学校？还是小学？"

"林场工人散居在那里，孩子们要读书啊！"大哥说。

大哥告诉她，小学在泥洋分林场场部的隔壁。白天，应该还热闹。

支月英望望老蔡。毕业后有人叫老蔡，有人叫小蔡，还有人叫蔡师傅。支月英叫了一声："老蔡。"这叫、这望是征求他的意见。

老蔡在学校本就是一个不多言不多语的人。因为他，支月英放弃了考专科，留在奉新县澡下乡找工作。

老蔡还是了解支月英的，支月英热爱、羡慕老师这份职业，5个取1个，说明支月英还是优秀的。他回了一句："明天，我送你上山。"尽管是民办教师待遇。总算有一份工作，有个落脚之处。按现在年轻人说，没有学历，有经历；没有经历，有阅历。

这是夏天，两床被子不能同时用了。老蔡是家里的洗衣机，他把洗好的那一床被子捡好。支月英的行李有脸盆、牙膏、牙刷、换洗衣服，这些物品只有他清楚，捡好、装好后，准备明天起程。

盖絮与垫絮从此分开了。一床在山下，一床在山上。到了冬天，山上很冷，支月英会想起少了另一床棉被，又垫又盖，冷啊！不知她离开后山下的老蔡会感到冷啵？

9

1980年9月1日中午,怀揣着澡下林场办公室主任张文清开的一张介绍信,支月英一个人从澡下乡乘长途汽车到了观下村,从车上搬下行李,扛在肩上,向泥洋分场小学走去。昨晚老蔡突然接到朋友的要求,要他陪同去奉新办事。他对支月英说:"明天我就对不起你了,你只能一个人去了!"支月英把他忠于对朋友的情谊视为优点。此时,听他这样说,心里不免有一丝失望。但,也只能这样,谁叫自己找了一个讲义气、重感情的人呢?

虽然是夏天,很热,好在已是下午五点多钟了,山风带着丝丝凉意,少了平原地区的暑气与闷热。在观下村,村民送了她一根扁担,她挑着行李,上路了。走着走着,背上出汗了,湿了,额头也冒汗。路是沙石山路,还算平坦,左边是陡坡悬崖,右边是山路斜坡。路是沿着斜坡旋转而上,有的山坡长满荆棘,有的是一大坑,有的是黄土袒露,还可见雨水冲刷的痕迹,坑里留着浑浊的积水,还可见砍下的枯树残枝断根抛在路边,往山上就是毛竹,一片片成林的毛竹,绿茵茵的,望不到边。

左边陡坡与悬崖边有一条条窄窄的山路,弯弯曲曲通往各个自然村。这一路上间断在山坡下发现人家。过观下,走了五六里,她看见有位村民赶着牛马在山路上行走。进贤人很少用马,少见马,奉新山路系马运物品比牛快,在奉新山村,村民都要养马养牛,支月英好奇地望了两眼,马在弯弯的山路上行走,马背上驮着行李与货物。支月英想,要是能帮忙驮一下行李就好了,这么远的山路,好累。右边山上竹林保护得很好,路上她看见有人在竹林里穿行,阻止人抽烟,那人可能就是护林员吧,他们的任务是防火护林,禁止砍伐。后来,老蔡也成了护林员,这是个得罪人的工作,少数山民偷偷砍伐，护林员要冒风险去阻止，老蔡又是个讲原则的汉子，为了这份工作他得罪人不少，好在支老师与学生家长相处甚好，为减少摩擦起了不少作用，那是后话。

　　在这一个夏季落日的黄昏，在一条弯弯的山路上，有一个女青年挑一副行李担子，与自己的影子相伴，向高山走去。往前看，不知泥洋还有几里地？还要翻过几座山？往后看，并非如书中所写，"春风十里桃花地，文陌尽染秋山林"。青山中那一汪碧水是老愚公水库吧？那最高的山是不是越王峰啊？这时，气压越来越低，山风一阵一阵强劲，还带旋子，该不是龙卷风吧！汗湿透了背，停一下脚步，风吹一下脊背，又干了，干了又湿，湿了又干，就这样走着，落日进了山背，只剩下淡淡的薄薄的夏日暮光。晚上，山上有豺狼出没，会不会遇见野兽？空气越来越沉闷，会不会下雨？右边山坡上有石头和大树枝随风刮下，会不会有泥石流？第一天，第一次，一个人，就遇见了这样的场景。老蔡呀老蔡，你要陪在我身边就好，你为朋友重情重义，就不对我重情重义，就不怕我被豺狼叼走？怎么路上遇不到一个行人？没有回家的？没有上山的？也没有护林的？

　　上山前的好奇、惊喜之情被山风一吹，变成了惊怕、担忧。

　　突然，传来一声动物鸣叫，她不由自主地将身体靠近右侧山壁，这时在山上的拐角处冲出一匹马，她长长地嘘了一口气：啊，吓死了！总算看到人了。可惜，他是下山。要是上山，能结伴该多好啊！支月英本想问一句：泥洋还有多远？正当犹豫之时，村民已牵着马转到山边一条小路上去了。

　　问与不问，一点意义都没有。泥洋在哪里，不会因问了而更近，不会因不问而延长。

　　唯一的方法就是加速，天黑之前走到泥洋分场小学。

看样子，山雨要来了，她是运动员，中长跑运动员，是考验耐力的时候了,擦擦汗,快,再快一点。汗,额头大汗淋漓,饥饿与疲劳,闷热与山风,山路的孤寂与山风的呼啸困扰着她。想起了相伴她的奶奶，想起了奶奶做的油煎饼，咬一口，真香。这时要能咬一口多好啊！

别无选择，只有坚持到底。

哗啦啦，好像稀松落了几滴雨，雨点大似钱。还没淋湿她，她唱起了歌："红星闪闪放光彩，红星灿灿暖心怀。"她只觉得唱歌能给予她力量，唱歌能给予她胆量。远远望去，又见路边有房了，莫非泥洋村到了？这是最后的冲刺了，途中跑结束了，惊怕与担忧如走过的山路，远远抛在身后，眼前一定是惊讶与欣喜。

果真是澡下林场泥洋分场。两根杉木竖起的灯杆，微弱的光，据她仅有的知识判断，那是只有15瓦光的灯泡。有没有光无所谓，总算到目的地了。她直奔场部，找领导报到，安排今晚住宿，到了要饮水、要填肚子的时间了。她整理了被山风、山雨吹乱打湿的头发，整理了外衣，抬头看了一眼场部门上"澡下泥洋分场"几个大字，精神抖擞地走进场部。

场部里很静，光线很暗。她知道已是下班时间，场部周围房间也很静，光线很暗，怎么会这样？

可能是听到了她的脚步声，从一个亮灯的房间走出了一个中年男人，亲切地问她："你找谁？"

她放下担子说："我是新分来的分场小学老师。请问你是场领导吗？"

"啊，不，不是，我是蹲点干部老廖，值班。场部晚上要有人值班。我们接到电话通知了，要我等你。"

"怎么来的！搭上顺路车吗？"

"没有,走来的!"

"呵,了不起!其实,你该在观下村找个地方睡一夜,明天早上一定会有拖拉机上山,你就可以省很多力气了。"

"呵呵,第一次报到,我想按时,听说明天就要上班。"

"呵呵,你是共青团员?"

"是的,在高中就入团了。"

"难怪呵,你这样遵纪守时,是个好青年哪!"这句话好暖支月英的心。"你是一个好学上进的青年。"老廖又补充了一句,支月英点点头,听着。老廖还说:"我们场在山里,你要做好吃苦的准备啊!"

"我带你到住的地方去看看。今晚分场放电影。我们深山老林难得放一场电影,所以场部没有人,各村各组也没人,都去打谷场看电影了。这里高坡多,一块放电影的平地都没有,只有一块小小打谷场,才能放露天电影。嘿,山里放一次电影,比过年还热闹,只要家里能动的人,都往打谷场上跑,稀罕哪。电影没有散场前,你只好一个人哈。不过,不要怕,我们山里治安很好,除了有人偷木材外,没进屋偷盗的。山里人穷,能偷什么呢?几件破衣服,自己用木头打的没有油漆的箱子和桌椅,都是不值钱的东西。"

"你姓支?这个姓少,没听过,你该不是支教,说来就来,说走就走吧?"

支月英笑了,说:"廖场长真会开玩笑。"

"你脚下走好,山路不平啊!支老师,背包我帮你拿!"

支月英心里一惊一喜,人生第一次听到这样的称呼。

"支老师!""支老师!"多好听的称呼啊!这10多年来她叫过多少"老师",叫过多少遍"老师",今夜这叫声响在自己耳边!那一瞬间,心里真不知是什么滋味,这感受,这情景,这从分场走到宿舍的那段夜路，一辈子也不会忘记。

"廖场长，"支月英也礼貌地叫了他一声，"我选择来了，我就会好好干。"老廖亮开了手电筒，说："不，不要这样叫，叫老廖，我不是场长，是蹲点干部，你跟着我走，你从没有走过夜间的山路吧？石头多，上下坡多，在深山里还有很多树杈，因为是泥巴路，一下雨就打滑，要注意啊！你看，那幢楼就是我们分场小学，很不错吧！都是花岗石盖的，两层。"老廖把手电的方向抬高，想让她看清楚。又说："我是没有去过庐山。九江林场来人到我们这时看了说，你们学校远看就像庐山别墅。"老廖对林场与学校的爱溢于言表。可惜，微弱的手电灯是一束直光，支月英完全看不清，只是跟着，不停地回答：是，是！好，好！对，对！

澡下采育林场泥洋分场小学旧址

出了场部，向右拐，是上坡，不到20米就是小学的二层楼。还真是花岗岩建的，她好奇地摸了摸，挺结实。石房两层，办公室与宿舍在二楼。她住的那间，在东边最前头。教学楼空无一人，也没有路灯，在手电灯光的照耀下，老廖开门，进屋。

屋外山风越来越猛，树枝在摇动。老廖老成地说："可能山雨要来了，这阵雨可能很猛，看电影的人都会成落汤鸡。我走了，你别怕！"

为了表达感谢，支月英伸出手说："谢谢你！"

老廖也伸出了手。这是支月英平生第一次在黑夜与一个刚认识的男性握手，第一次听人叫她老师。这夜，支月英有点激动，老廖快步离去。

他大概走惯了山路、夜路，脚步速度远远快过来时的。下了楼还听见他往楼上叮嘱一声："雨大了记得关好窗户。打雷别怕，坐在床上。"

让他言中了，响雷了，她一个人站在房间里，这瞬间，她真的害怕了，一幢楼，一个人，一阵阵雷鸣，一次次闪电。她想起有那么一句诗：山雨欲来风满楼。这时不仅仅是风，还有好可怕好可怕的闪电与雷声。还没待她从惊恐中恢复到镇静，突然，一阵巨响，哗，天空像在倾倒一盆盆水。顿时，山摇地动，屋顶响起水流的冲击声，房前响起雨水的敲打声。她不知是该蹲下还是站立，不敢靠着墙，只扶着那张脱漆的课桌站立着。

山雨来得快来得猛，也走得快。几分钟后，雨小了，暴雨过后，昏黑的夜空似乎有点灰亮，可以看到窗外门外的树枝与山路，再过一会儿，还听到隐约的脚步声与话语声，她想起老廖的话，今晚村民都在看露天电影，天哪，在露天打谷场上，这些观众面对山雨会是怎样的啊！

惊恐过去是饥饿，嘴干，没有水，黑夜到哪儿去找水？下楼？老廖特地叮嘱，山路滑，不要轻易外出，小心摔倒。周边没有邻居，讨一口水喝都没地方。

太渴了，她抬头看看，屋檐在滴水，赶快，接一碗润润咽喉吧！她接好一碗水，也顾不了是脏还是凉，喝了，一口喝了。找不到地方补充食物了，累了，睡吧！

就这样和衣躺在床上。

不知是什么原因，泪水从眼角流了出来。心里冒出一句话：真的在这个地方工作一辈子吗？

明天将会是怎样的生活？与哪些人为伴？

山，是想象中的那样雄伟，还是险峭呢？

人,是想象中的那样善良,还是刁钻呢?

学生,是想象中那样天真纯朴,还是顽皮捣蛋呢?

呵,明天,梦一样的明天。

她睡着了。眼角的泪水依旧在流,流进了青春的梦里。

未来,也许是与欢乐幸福为邻,也许是与孤独寂寞相伴。

她不知道,她真的累了,睡了。

---

*本章歌词引自歌曲《我被青春撞了一下腰》(黄一雄作词)。

春天在哪里

春天在哪里呀？春天在哪里
春天在那青翠的山林里
这里有红花呀，这里有绿草
还有那会唱歌的小黄鹂

10

一场暴雨声声雷，几次闪电阵阵风。

她还是睡着了，入梦了。

睡得很深，梦见了奶奶。奶奶告别亲人离开世间快一年半了。那是1979年5月，农忙，"共大"自然也忙。第一次来信只说病重，没有惊动她，叔叔也没多说什么，第二次就说奶奶走了。她好伤心，好伤心。她没有守在奶奶身边送终，没有与奶奶说一句道别的话，也没听见奶奶的遗愿，这都成了她愧疚终身的遗憾。在这个新地方，在这个山雨过后的夏夜，她梦见了奶奶，是想奶奶吧？是想告诉奶奶，自己的人生翻开了新的一页吧！孙女当老师了，奶奶该高兴，该欣慰……

睡得好深，好沉。梦见了老蔡。床上没有被子，和衣而睡。她知道，一床被子在山下，一床被子还没打开。没打开的这床被子是奶奶缝的。奶奶说，一半垫，一半盖，"共大"三年都是一半垫一半盖。何时，老蔡才会把另一床棉絮搬上山呢？她感受了这山里的夏夜，不热。听说，山里的冬夜会冷，很冷。这一床棉絮不知能否抵挡得住冬天山风雨雪的侵袭？不知老蔡会不会托人给她捎个信？他帮助朋友的事办好了吗？唉，这个喜欢为朋友办事的人，在最关键的时刻，需要他出力相助，却丢下了她，去为朋友办事。怪不得他，他从小就是这个脾气。

睡得很浅。梦里听见了几声让人毛骨悚然的叫声。什么声音？她从未听过。过了很多天以后，分场的工人告诉她，那发出叫声的鸟叫猫头鹰，头像猫一样的老鹰。想想那个样子，听听那个叫声，她真要用被单蒙着头睡。她知道猫头鹰是益鸟，林子里少了这种鸟，鼠害就会增多，它是受保护的鸟。那叫声却确实让人心惊，不安，难以入梦。

她睁开眼睛一看，窗外，有点蒙蒙亮，清晨的山风吹进窗子，好惬意！听人说，这山里空气含有大量的原生态的氧，对人身体"超好"。她想起床，两腿太累太酸了，还是伸了个懒腰。起床！她命令自己。没有闹钟，没有手表，只凭自己晨练时对时间的感觉。这时，应该是清晨6点左右吧！这不是"共大"宿舍，没有久莲打水，排队买饭，没有球队队员一起跑向操场。这也不是澡下大哥的家，老蔡会帮她洗衣服、煮饭。现在，一切都要靠自己。那夜的暴雨，那夜的风；那夜的心情，那夜的梦，36年后回忆起来依然如昨。

早上起床之后，漱口、洗脸、上厕所。到哪儿去找水？厕所在何处？昨天一身臭汗，衣服全要换，到哪儿洗？早餐到哪儿吃？

她把毛巾搭在肩上，端着脸盆、杯子，牙刷上挤了一点牙膏，放进杯里。像在校学生一样,推门,出门,远望。呵,这就是泥洋村?这就是泥洋分场?

山上的黎明与山下的清晨,天空的颜色会一样吧?远方的晨曦,有几片白云,远方山后有点红晕,似乎太阳就躲在那里,在你不在意时,突然升起,送你一个惊喜,山风从后山竹林穿过,夹带着竹叶的清香。

她深吸了一下,似乎还能感受到香樟的气息,她回眸一望,哇,校舍后是陡峭的山,青翠的竹林,竹林间远处有香樟,有笔直的杉树,还有青松与杂木。从绿林深处传来各种鸟儿的叫声,突然有鸟儿"咕咕"几声后从村子里跳出,箭一般地飞出。她知道,那可能是斑鸠,斑鸠的叫声,与家乡的叫声一模一样,好亲切!还有可爱的小黄鹂在林子周边飞进飞出。奶奶说,早起的鸟儿有虫吃。是吗?

校园四周都是绿油油的植物,真有点进入桃花源的感觉,可惜没有桃花。楼下有块平地,是不是或说算不算操场!平地与公路间有几级台阶,公路不宽,可以对开两辆丰收27型拖拉机;学校正对面有一间土坯房,说是小卖部,她不知道店里有什么可卖;旁边是临搭的竹棚,叫竹板床加工厂。四周静悄悄,没见人走动,几只早起的鸡正在小卖部门口觅食。她走下楼。厕所一定在楼下,应该在眼皮子底下。没有水塔,楼上冲洗不便,楼上一定不会建厕所。她绕教室走着,发现教室后有个标志,沿标志而行,到了。她突然想到,看来得买一个痰盂。可能还要添购一些日常用品。添什么呢?她扳着手指头点着。

出厕所后,她听见潺潺水流声,循声而去,看见一根竹竿分两半,一根竹子接一根竹子,从山上引来一股清水,是泉水?遇上没有削平的竹节,水会卷起小小的水珠,跳跃着继续往前流动。她伫立着,凝望着,好美!这是供漱口、洗脸、煮饭、洗衣的用水吗?

她真有点舍不得用，多么晶莹剔透的水珠啊，多么清亮洁净的泉水啊，她走近，伸出手捧起，清凉清凉的，她低下头，伸出舌头舔舔，嗯，竹叶的味道，清纯的。还要买一只塑料桶，每天提一桶水上楼。今天，只能端一盆水上楼了。要抹桌子、椅子、床，要打扫一下房内卫生。房间不足12平方米，床铺靠着后墙，墙外是后山，书桌靠一侧放着，门口就是厨房。后来，她自嘲这12平方米房间为"三室一厅"：卧室、办公室、与学生谈话室，是厨房，也是餐厅。同学们也会到这儿来吃饭。

山路上已看到有人走动了，她又下楼，去场部。下楼后左拐十几米，是昨天报到的分场场部，往下是来时的路，往上还有个叫白洋的小山村。至今，也就是36年后的今天还没有通车。她走进了分场场部。

"早啊，支老师。"奇怪竟有人叫她。呵，是老廖。她还是礼貌地叫了一声"廖场长"。

"别乱叫，叫老廖，我又一次给你纠正了。"

她笑了："好，好，老廖，廖大哥。"

"哎哟，你这称呼亲切，我爱听。你有什么事吗？"

"想问问，一日三餐，我们怎么解决？"

"我们分场有食堂，在一楼。我带你参观一下。"老廖热情地介绍说，"分场虽小，诚如麻雀，五脏俱全。分场有党支部，有分场场长，有工会、青年团妇女联合会、财务、总务、保卫……护林消防第一重要，还有子弟小学、小卖部、自办竹木加工厂。那一排平房是宿舍。"

说是参观，这周边就只有五幢房子，分分钟就清楚了。场部一幢，是两层楼。楼上楼下总共16间，没有宿舍，全作办公用房。1间是值班室。那排平房6小间住的是单身汉，有的场机关干部家在附近，大多可以回家。加工厂的工人都临时搭铺睡觉。后来，单身汉结婚走了，只剩下支月英一家与做竹木床加工的临时工。赶集逢圩的日子，还热闹。开山伐木时，拖拉机也多，运木材毛竹下山，人来人往，要闹一天。一旦不赶集、不逢圩就冷冷清清了，你要购物就要抓好这个日子。

在场部办公室支月英见到了彭校长。

彭校长初步介绍了学校的情况：这是一所完全小学。所谓完全小学是指从一年级到五年级都有。5个年级，70多名学生，另还有白洋与三门组两个教学点，两个教学点只设一、二、三年级。教学点各2位或1位老师，小学本部有6位老师，大多是临时代课老师。她也是临时代课老师。当然，校长也说了，因为是临时的，所以老师流动速度快，有的老师上一个学期就走了，希望她能坚持。学校正缺老师，来了就上班，就讲课。她不停地点头。

校长交给她的任务是教二年级的数学与三年级的语文。

她接到任务，随手翻开书。天哪，三年级的拼音，怎么教啊！入职考试，她拼音成绩是零蛋啊！面对教学任务她没有推迟，应声说："好！我会认真教好！"

语文、数学都不是问题。拼音，她得先看看，想想。如果一开口就错，那不是让同事和学生笑掉大门牙吗？

再想想，三年级的学生，拼音字母一定学得不错，只要自己普通话接近标准，就有办法，可以叫语文课代表先读一遍，他当老师，自己跟着学。争取三天内掌握。

"哪天开始上课？"她问。

"下午。"

她心一紧。备课的时间只有几小时。刚当老师，没有经过正规训练，说实话，这备课，如何备？还有点心虚。

好在有12年读书的学历，有四处参加社会活动的经历，还有

参加各类比赛的阅历。那瞬间,她想起了小学教数学的曹等得老师,想到"共大"刘老师、吴老师,想到帮助她耐心辅导她的许多老师,这12年有多少老师为她的成长付出了心血啊,还想到教练,手把手教她。这些老师有一个共同的特点,就是耐心、细心。她相信自己能做到。

她回到寝室备课,行李还没有解开,床铺上只有几张报纸,房间也没整理,只是早晨花了几分钟匆匆抹了一下灰尘。她拿出了备课本,认真地写着。教学课程内容、目的、方式、重点、难点。她写着,想着。

你是新来的支老师吗?突然听到有人叫她,虽然还不习惯别人这样叫她,心里却充满高兴与自豪,她抬头一看,一位男士。"是的,你是?"她问。

"我是你的同事,我姓李,叫李德华,你叫我李老师,或老李。中午了,你不饿?走,到我家吃午饭。食堂关门了。"

"不好意思,一来就到你家吃饭。"

"没有关系。在我们泥洋小学,是习惯,也是规矩。凡新来的老师我们都这样,不叫请,就叫开饭一起吃。你不吃,到哪儿去吃饭?食堂关门,又没有饭店。你没有厨房,没有锅灶,连米菜都没有。你吃什么?等你筹划好了,灶具齐全了,就自己开伙。分场食堂不大,就供几个职工吃饭,都是预定的,完全按人头做饭,怕浪费啊!"

也是,到哪儿去吃饭?就是再不好意思,也只得去李老师家吃饭了,今天早餐还是炊事员临时给她下的面条。想起还是昨天中午在观下村吃的大米饭,不是在埋头备课,肠胃早就发牢骚,提意见了。

一碗是青菜,荤菜是一碗腊肉炒辣椒。李老师说:"不是逢年过节,乡下不杀猪,这腊肉是冬天里自己做的,很香,山里气温好,腊肉不走味,你尝尝。菜都是自己种的,这儿没有菜卖,要买菜还要走20里地路到观下村才能买得到。"

大米饭香喷喷，一桌菜，清清爽爽。也许真是饿了，也管不了那么多礼节，报以微笑，点点头，就端起碗，不敢狼吞虎咽，尽管饿，还是保持女性的文静素雅，细嚼慢咽。一碗吃干净了，在家里也只吃一碗，够了。只有篮球比赛，跑步训练，大运动量时，才大碗吃饭，大碗喝汤，显示出一副"吃货"的"丑态"。这米，是新米；这菜，是新鲜菜。她望了望李老师，淡淡地笑了，走到饭桶前又添了一碗。

李老师说："这乡下米好吃，多吃点，来，夹菜，夹菜。"

"谢谢，谢谢！"

这餐饭真感受到了温暖。

下午上课，敲铃。她走进了教室。

"老师好！"

"同学们好！"课堂安静了。比起城里学校，农村的学校一个班二三十人不等，最少的只有十几个，她放下备课本，看了一眼学生，第一句是自我介绍，"我是新来的老师，我姓支，支援的支，支持的支。"

"同学们以后就叫我支老师。"

学生马上有反应："支——老——师——好！"

那声音整齐、洪亮，她一下子感动了，回答道："同学们好！今天学习加减乘除混合计算。先乘除，后加减，为什么要这样，我列一道算式，同学们请看……"

内容、题型难不倒她，要注意的是讲述方法、语言表达、讲课姿势，她很快进入了角色，表达流畅，板书清楚，没有一点胆怯。

讲到例题，一题，又一题。由于还不会掌控时间，第一堂课拖堂了。看来得买一块手表，她想。后来，老蔡帮她买了，再后来，这手表又离开了她的手腕，那是后来的故事。

第二堂课是语文课。她没学过拼音，只是参加考试前看了看，刚刚午饭前看了几遍，她多少有点心虚。不过，有上前一堂课的经验，她知道该怎么做了。她老练地请学生先念一遍拼音，她会唱歌，听音很准，这会儿，学生反倒成为老师。

"zhi 与 zi 的念法区别是什么呢？"她问。

"请准确念，支，支老师的支；之，之乎者也的之；知，知识的知；志，志同道合的志。

"再念，自己的自；子，母子的子；字，写字的字；姿，姿势的姿。好的。

"现在我们一起念一段顺口溜。

　　今天星期四（sì），
　　晚上看电视（shì）。
　　老师说，要写字（zì），
　　一、二、三，二、三、四（sì）。

"请同学们为顺口溜标上拼音字母。"

似乎与过去老师讲的不一样，似乎很有趣味，同学们念完顺口溜问："老师，你一定会说很多顺口溜吧？"

"好呀，我再说一段顺口溜：

　　一二三四五，
　　上山打老虎。
　　老虎不会飞，
　　笑死了老乌龟。

"注意这里'飞''虎'两个字连在一起很难念清,如是再加一个黄字,试试,谁愿意连念三遍:黄飞虎。把拼音写上,再分析一下,想想为什么。所以同学们要注意声母、韵母,要注意汉字的四声,才能正确地讲话。"

中国文字不仅字形十分有趣,发音也十分有音乐感,像唱歌一样。

这次,下课准时。

她心里还惦记着要办的几件事,要抓紧到对面小卖部去采购自己的日用品:痰盂、水桶、锅碗、油、酱、醋。否则,天天吃百家饭是不行的。

也许这里真有叫老师吃"百家饭"的习俗,她拎着买来的物品上楼时,几个同学拉住了她,说:"支老师,支老师,晚饭到我家吃。"

"到我家吃,我给爸妈都说了。"

"同学们,我哪儿都不去,自己做饭吃!"她说。

"不行,真的不行。"

"你还不熟悉,你还没有灶,没有锅!"

"新来的老师都是这样的,先要在我们村里吃几天。"

她就这样被孩子拉出了学校,拉上了山间小路,拉进了一户户农家的小屋。

孩子的妈妈早早地把饭菜放在桌上说:"老师坐,坐那边,上座!"

"老师吃得惯啵,山里人没有手艺,没有鱼肉,只有新鲜菜。我们这里湖南移民多,菜离不了辣椒,你要不喜欢吃,就打个招呼。"

"喜欢,喜欢,我也不怕辣。"

"吃不惯,我给做艾饼。"

"我妈还会做散灯面吃。"

看到一碗又一碗端上桌,不知什么原因,她眼睛湿了。

她说:"我什么都吃得惯,我也是乡里人,也是农民的女儿。你们做什么,我就吃什么,不要做这么多,多了浪费。"

这餐饭,吃得很香,很甜。不仅是温暖,还享受到亲情,像在家一样,山里人,淳朴!

吃完饭,孩子说:"老师,我送你回学校。"学生牵着她的手跳着,笑着。她想起了自己的童年,也是跳着,笑着,不过,那时好像没有牵着谁的手。对,上学时牵着奶奶的手,好温暖,好温馨!

弯弯的山路,爬上坡,上了公路,跨过公路就是学校。

"你们回去怕吗?"支月英问。

"老师,我们天天走这条路,不怕。"

她伫立在公路上,望着孩子的背影消失在拐弯处的绿荫里,才走进学校,走上二楼。

天色渐暗,月亮慢慢地升起来。看看明天的课表,她开始备课。电灯昏暗,窗外的月色却越来越明了,经历了昨夜的风雨,倍感那弯山月的美丽,走夜路回家的孩子多么需要那一弯明月啊!

今夜,那弯月很美,很美;很亮,很亮。

今夜,月英感受到自己的工作如月亮一样美丽,一样清纯。她想,她应像那一弯明月,照亮走夜路的孩子……

11

是"生活",还是"日子"呢?她无法选择用哪一个词来确切地表达,她在泥洋小学正式启程的那一天。

她捡来了几块土砖,架在门口走廊上,两块在左右,一块在后方,留点空隙好通风。土砖上架着一口借来的铁锅,这就是灶。烧的是山上捡来的枯枝,每天早上她点着火,烧一锅开水,每天下午又点着火煮饭,这锅饭菜要管两顿,晚上吃了,剩下的饭菜隔水放在脸盆里,留着第二天中午吃。山水冰凉,可以起到降温保鲜的作用;有水相隔,可以防止虫蚁爬进食物里。但山里老鼠闹得厉害,不但偷吃,连脸盆都会踩翻。

冬天还要烧水洗脸、洗脚。剩下的时间全交给了学校。白天上课,晚上辅导,黄昏接送同学,自己也要读书,提高教学水平。后来她读了奉新县教育局办的提高班、培训班、进修班,学了心理学、教育学,三年读完了中文系的大专班。

是"生活"翻开了新的一页?

还是"日子"就这样一天一天地过去了?

有人说,人生是一本书,第一页请你着笔,写什么,全在自己。又有人说,岁月是一首诗,诗句在脚下,在手中,在心里。支月英问自己,这几块土砖是书的文字还是诗的一行呢?她没有那么浪漫,饿了要吃,渴了要喝,累了要睡。

从搭砖架灶的那天开始,她就这样进入了老师的角色,开始做着日复一日的教书育人的工作。

这一天天加起来就是1个月,12个月加起来就是一年。天天月月,月月年年,像翻书一样,一页又一页,一本书读完了,一年就过去了。月月年年,人生就是如此啊!带班就是跟班上,任三年级班主任,要教孩子们到小学毕业。

三年级学生要开始写作文了。第一次出作文题,学生平生第一次写作文,出什么题目最合适?200字的作文,第一次让学生写,写景?写事?写人?她真的想了一夜。她想到自己要家访,对班上每一个学生家庭进行走访,何不把调查与作文联在一起?题目嘛,写自己最爱的或最熟悉的亲人——爸爸妈妈、爷爷奶奶、外公外婆、兄弟姐妹都行。

夜深，坐在这脱漆的课桌边改作文，是件趣事。孩子们长大了，人生第一次用自己的笔写出文字表达或讲述自己亲人的点滴事情，点滴的感情。她的红笔在孩子们作文本上行走，孩子们心中的情感与山里的小溪一样，有波澜，有起伏，有欢乐，有痛苦。从作文里可以看到孩子的内心世界，她一字一句地读着，可爱的面孔，突然像花儿一样在她眼前开放。

孩子们年纪小，从学造句到学写作文，有十几级阶梯，她要扶着孩子们走上阶梯。写作文前，她对孩子进行了辅导。如何写好一篇作文呢？她耐心地说："不要怕，不要紧张，就是把自己的感受说出来，找出自己会用的、会写的词汇表达出来。可以写一个人，也可以写一件事——这事是留在自己心里，最难忘的那件事。

"奶奶爱我，我爱奶奶。怎样表达呢？可以从喂我吃饭，帮我穿衣写起，也可以从一件小事写起。比如，小时候我家有一辆独轮车。我可以这样开始下笔：我家有一辆独轮车。是不是造句？对，是的。我们再延伸这句：我有时想一个人推着车子出门。有一次，爸爸妈妈不在家，我偷偷地推动了独轮车。车子很重，会倒下。奶奶看见了，悄悄地走近我身旁，帮我扶住了车身。奶奶和蔼地说：'想学习推独轮车是好事，你还是孩子，要学应该叫爸爸妈妈陪着你。'奶奶没有大叫。奶奶说：'我如果大叫一声，你吓着了，手一松，车身就会压伤你的腿。'奶奶帮我扶正独轮车，推向放车的位置。我点点头，心想，奶奶真好！

"如果我们再多写几句描述奶奶样子的文字，比如慈祥的目光，和蔼的声音，走路稳健；写几句描述独轮车样子的文字，比如，车轮是木制的，滚动时发出吱吱嘎嘎的响声。这篇作文会不会更精彩？

"每天，我们每个人都会遇到很多事，如果我们学会了每天记事，那就叫日记；每周记事，就叫周记。写日记、写周记会提高我们的写作能力、观察能力、分析与记忆能力。从今天起,我希望大家学会写周记。

"今天这篇作文,你们就从一个人、一件事写起,这是你们人生路上的第一篇作文,好吗?"

夜深了,支月英老师在看这一篇篇作文。

这是刘世铭同学写的:

我爸爸得病了。医生说:是官(冠)心病。我不懂,妈妈也不懂。医生说:这种病要长(常)年吃药,不能干重活。爸爸是铁匠,从此,再也不能轮(抡)大铁锤了。妈妈要替爸爸种田,插秧、割禾、打谷。我真不想读书,我想帮妈妈做事。

爸爸是我家的一棵大树,为我们遮风挡雨,倒下了,我们家就生活在风雨中……

她在刘世铭作文上画了一个圈,写道:文字流畅,尤其是结尾,很好。这个因病致贫的孩子,他体会到了父母是家庭的大树,作为班主任要多关心他。她决定把刘世铭家作为第一个家访的家庭,希望自己能给他一给点帮助与鼓励。

刘世铭的家离学校不足5里路。土坯房,黄泥墙,黑瓦。一条曲曲折折的山路引向山坡,房周围是树,刘世铭的妈妈见老师来了,快步下坡迎客说:"老师好,老师好,是不是世铭调皮哟?"

"不是,不是,世铭是个听话的孩子。听说他爸爸病了,我上门来看看。"说罢,她递上了一盒糕点。那个年代,一小袋白糖就是最丰厚的礼物了,一切都凭票证购买。她想得周到,看病人总不能空手吧。山里小卖部不卖水果,山里人谁花钱去吃水果呀,满山遍野的野果子可以吃。山里人一年难得吃一次糕点,也难得有人送

1984年6月泥洋小学学生毕业照
（第二排右三为支月英）

礼，何况是老师送的礼物，刘世铭的妈妈真不敢收这份厚礼，硬是推回。

刘世铭的爸爸拄着拐杖走出了大门迎接支老师，说："劳神，劳神。支老师，还登门来看我。我总担心是世铭犯事。没事就好，支老师请坐。"

她进门一看，左边是块砧铁，砧铁下几把铁锤，果然是铁匠师傅！砧铁旁是火炉，炉边是风箱。现在是火熄炉冷。几块废铁也生锈了。

"还有两年，世铭小学就毕业了。我想了解一下，你们还准备让他继续读书吗？"她开门见山地说。

父亲说："读啊，读啊，借钱也要让他读。"

母亲说："老大已成家，身边就只有他了，肯定要读。"

她知道了，世铭还有一个哥哥，比他大12岁，学开拖拉机。

可是祸不单行，因劳累过度，刘世铭的母亲不幸摔跤，昏迷了几天。大抢救过来后却留下了后遗症，头晕头痛，时时禁不住地痛叫。

医生说，要终年服药。父母都病了，都要吃药，别说哥哥开拖拉机，就是开出租车，也供养不了两个病人。哥哥也改行，外出打工了。那时没有合作医疗，除了家中种的粮，种的菜外，什么都得花钱！

那是一个贫穷的年代，一个购物凭票证的年代。老师家访带糕点看望有病的父亲给刘世铭留下了抹不去的记忆。

父母勒紧裤腰，还是让刘世铭读完了初中。后来，刘世铭成了家，有了儿子刘强，支月英又一次家访刘家，帮助刘强读完小学，送刘强读中学。刘强争气，进了大学，走出大山，成了栋梁。刘强笑着说："支老师与我们家是'世交'！"

后来，支月英用作文这种方式，发现了因病返贫不能读书的家庭，就用自己微薄的收入为一些孩子解决继续读书的难题。

有一个叫李梅的小女孩，读到四年级，父亲突然要她休学。在农村重男轻女并非罕见，经常找一个莫名其妙的理由终止女生读书的事时有发生。

支月英在家访时，提出自己资助李梅读书。李梅读完小学，成绩好，又读了中学。20年过去了，有一次，李梅母亲在镇上遇见了支老师，说："支老师，真感谢你让我女儿读了书，现在，她到外省打工，日子过得自在。当初要不是你要她读书，可能她还跟我一样在种田，最多跟着老公跑。"

农民刘光华的一对儿女是她的学生，女儿刘小玲，儿子刘小明。读着读着，父母说："没钱，不读了。"支月英去做家访，问明原因，了解到他们家的确贫寒，就请示分场领导支持，请分场特殊问题特殊处理。这对儿女在她身边读了6年书，没有哪学期按时缴学费，都是支老师先垫付。这样的事多，钱也垫得多了，有时支月英买米的钱都没有了，她不说，也没人知道。她就只吃几口菜充充饥，夏

天菜地里有黄瓜、西红柿,冬天呢?后来,家长知道了,又拖她到学生家里吃饭。支月英说:"唉,我也是吃百家饭的老师。"

刘小玲、刘小明终于小学毕业了,到澡下读中学了。如今,刘小玲大专毕业,有一份自己满意的工作;刘小明创业有道,有了自己的店铺、小车、房子。他们的老师依然守在深山,无房,无车,无巨资。她说,她是快乐的,因为她看到孩子成长成才,看到他们有了快乐的人生。

孩子们看到她依然守着大山,守着贫穷,孩子们心里在想着什么呢?会想什么呢?

如果没有这次采访成书,没有这次系统回忆,好多事可能如她那把小伞,永远埋在深山的土壤里。

问她走访了多少家学生,她记不清。

问她走了多少路,她不知道。

问起她学生的名字,她如数家珍,就像说顺口溜一样流畅地数出:刘强那班,住在上泥洋村的学生有:刘伟勇、刘立强、卢恒强、饶秀芸、邬明基、邬明昌……

那次,去的是哪一家呢?是到上泥洋。那几个学生家离学校路程最远,大概有20里地。那次家访,她带着一把伞,这伞是妹妹送给她的礼物,一直舍不得用。想想这又不是纪念品,物尽其用吧!就带着伞上路了。在回来的路上下起了暴雨,一把小伞哪能遮住山风山雨,她来不及收拢,风把雨伞倒吸,成了一个接水的盆。她似乎也悬挂起来……雨打在脸上、背上,很痛。她舍不得丢掉小伞,没有松手,风推着她向前,小伞借着风力,把她往上拉,她难以平衡。一边是树林,一边是断崖,她把自己身子往树林那边靠,风太大了,如果再紧紧握住伞,连人带伞都会被风推下山崖,她一松手,那把最爱的伞,瞬间就被刮到山崖那边去了。她也重重摔倒在一棵杉树下。她死劲地抱着树，风吹弯了大树，这时一阵雨点落下，山雨打在她身上，奇冷。那瞬间，她想起老蔡的话：你还是下山吧！我是死也不会上山的。也许，老蔡有过或听过这样的经历。这瞬间，她想，是啊，这是何苦，坐在家里，坐在教室里，躺在床上不是好好的吗？这是自己的选择！这一切究竟是为了什么！

此刻没有什么可想了。雨水，从头上往下淌，遮住了眼睛，模糊了视线，她干脆闭上眼睛。雨不停，风不歇，这路是不能走的了。她右手抱着树，右肩靠着树干，坐在积水的泥地里。

坐着，坐着，雨停了，风止了。她一拐一拐地向场部走去。舍不得小伞，只能回头望望，那伞已消失在山坳里，风，早把伞送到更远更远的地方。在哪儿呢？看不见，永远看不见……

终于走到学校门口了，她没有进去，突然，眼泪再也禁不住涌了出来。

她站在校门口，望着来时的路，肩挑着行李，想着那夜唱着"红星闪闪放光彩"的歌曲，就这样来了，满怀一腔激情，披一身风尘！今天这落汤鸡的模样，到哪里去洗一个热水澡，到哪里去洗一洗头？

带着一身雨水，一眶泪水，她慢慢地走进了校门，上楼，一步一步走进了宿舍……

难道生活的每一页都是这样的风雨人生吗？

日子真是要这样在泥泞里摸爬滚打吗？她扶正土砖，架起灶，点火，烧水，烧开一锅水，洗澡，真正洗洗澡，洗洗大脑。

她是该好好想一想了。

然而，她情不自禁地唱起了一首歌，这是她教给孩子唱的第一首歌，歌名叫《山里的孩子心爱山》。

山里的孩子呀心爱山，

　　从小就生长在山路间，
　　山里的泉水香喷喷，
　　山里的果子肥又甜……

　　她给孩子上的第一堂体育课，是教孩子跑步。高抬腿、后蹬跑、摆手、起跑、冲刺……

　　能否让山里孩子打上篮球呢？她请农场木工做了篮球架，竖在那块小小的平地上，为了防止球滚到对面山崖下，在公路与校门的分界线上做了围墙。学生可以练投篮，可以练拍球抢球，可以打半场了。

　　她请泥工做了乒乓球台，学生可以单打、双打了。她与老师、学生一起挖了一个沙坑，可以跳远、跳高了，用两根竹竿立放在两边，把一根竹竿横放在上面，比赛看谁跳得更高。

　　后来，还买了一架风琴，她自弹自唱教孩子们唱歌，终于可以伴奏了。

　　小小草地容纳了太多太多项目，也容纳了支月英太多太多的心血。

　　小小平地热闹起来了，溢满了童年的笑声与春潮般的欢呼声。

　　一个又一个学生下山到澡下读书，到县城、省城读书，没走的是她。山里的孩子走出了大山，她守着大山，一年又一年。

　　小小的学校正在静悄悄地改变着面貌。

　　大山里有千年的常青树，森林里有百年的不老藤，山坳里有四季盛开的鲜花，山溪河畔有在严冬时还吐绿的嫩叶。一年又一年，树长绿，花常开，才有了这不老的青山，长流的清泉。孩子们看到支老师室内，窗台上常有溢香的花，吐绿的叶。伴着支老师一月又一月，一年又一年。在孩子们眼里，支老师就是那一片绿叶，就是那一朵山花……

初来的日子是单调的、孤寂的。

单调不是没有色彩，孤寂不是没有激情，在家访的路上，与她相伴的是绿叶，是鲜花，是对着大山的呼喊与歌唱。

笔直的杉树、傲霜的青松、多姿的毛竹、古朴的香樟与她如影相随。春天火红的杜鹃花、桃花，绚烂夺目；夏天的一串红，百合花，舒心怡人；秋天的桂花，沁人肺腑；冬天的蜡梅会让人不由念起"俏也不争春，只把春来报"的诗句。支月英有时也天真地遐想：我是不是一片绿叶啊？一片让人不经意、不在乎的绿叶？记得曾读过一篇散文，每个人都是树上的一片叶子，少一片绿叶，于树、于森林似乎没有什么，如果没有绿叶，还能是树吗？但如果没有绿色，还能叫森林吗？每一片绿叶都有自己的位置，担当自己的任务。

她爱每片绿叶，爱每朵小花，她就是一片绿叶。在路上，看见路边美丽的花儿，她会情不自禁地蹲下看看，摸摸。实在爱不释手，她会摘下几枝带回卧室，找来各种瓶子，洗干净，装满水，插上这枝枝山花，放在办公桌上或窗台前或床边的纸箱上。那时还不知有床头柜一说，两个纸箱叠起来，就是床头柜。

女学生心细，发现支老师喜欢花，悄悄相约，每次上学路上为老师采花，让老师每天都能看到鲜花。

于是，路上摘花、进校送花成了女生们每天自觉做的事情。她们自动排班，天天去给支老师换水、插花。其实，农村女孩在上学路上还担负着一项家务劳动：打猪草。放学后背回一捆捆猪草。打猪草时，孩子们为支老师选摘最美丽的、刚开的鲜花，她们可乐意了。

孩子们做了好多让支老师感动的事。一次，她患了急性咽喉炎，难以发声。她走进教室时，班长叫一声"起立"后，同学们一起喊："支老师好！祝支老师早日恢复健康。支老师，请你今天不要讲话，

我们今天做作业。"

支老师用嘶哑的声音艰难地说:"孩子们,不讲课能叫老师吗?"一个女生马上用手捂住支老师的嘴,说:"支老师,我们全体同学商量好了,今天不准你讲课,我们做作业,今天请你一定要休息!休息吧!"

一个男孩子走上前说:"我妈说,菊花茶可以清嗓子,治咽炎,这是我妈叫我带给你的菊花茶。"坐在前排的女生走上讲台,她们每人手上都有一枝鲜花,送到她手上,说:"支老师,你就坐下看着我们吧!我们一定听话。"

望着这一枝枝山花,这一杯菊花茶,支月英眼睛红了,流泪了。她真想抱起身边这个女孩亲一下,狠狠地亲一下。她说,"孩子,我爱你们!真的爱你们。一天没有听到你们的呼喊,一天没有看到你们的身影,我会感到人生孤寂,会感到生活单调。有你们陪伴,我的青春不会逝去。"这次支月英真的很听话,站起来面对黑板书写,表达自己对孩子的爱,布置今天的作业,提出重点与难点。

"同学们,我好了,会给你们补课。"

"我爱你们!"

她眼泪实在控制不住,又哭了。往日送花的情景一一再现,莹莹的泪水闪耀着,她仿佛看见几个小女孩蹲在身边说:"支老师,把我的花插到你胸前好吗?"

"支老师,你窗前的花,我都换了水,插了新花,这一支叫蛇眼菊,妈妈说这是少见的野菊花,不要丢了,晒干了可以泡茶,清心明目。"

"支老师,这是我们摘的一串红,每天我都可以送给你。我们家自己种的一串红。"孩子们都是一朵朵的花,一朵朵含苞待放的花,她是绿叶,是护花的人,她要做好这片绿叶。她要用心血滋润花的生长开放。

这泪是爱的泪，是欣慰的泪。我爱你们，孩子。她心里的声音在响着。

12

她爱学校，学校因她的来到而亮丽多彩；她爱学生，学生也爱她。在爱的互动中，学校处处时时可以听到爱的呼唤，感受到爱的力量、爱的温暖、爱的欢乐。爱在这儿传递，在这儿滋长。

她的爱与孩子相伴成长，孩子对她的爱陪她一年又一年，青春不老，岁月常青。那是春天还没有逝去的日子，学生进入了考试季节。

教学点上的三年级学生统考，考点设在泥洋小学。那年，考着，考着，突然下起暴雨，山溪暴涨。白洋教学点的孩子回家，必定经过一条溪河，水浅时可趟过，水深水急时，大人都难站稳，别说过河了。那次带队的是廖作英老师。她个子小，领着18个三年级的学生，面对湍急的溪流，一筹莫展。

坐在办公室的支月英见大雨未停，听见学校后山被水冲击的声音，心里惦记着那班孩子。那湍急的溪流，他们怎么过？她决定上路追上他们。

她赶到溪河边，找来一根竹竿，试了试水深，立马卷起裤腿说："过来，趴到我背上，我背你们过河。先背大的，廖老师，你在这里牵好那几个小的。"

廖作英真担心，说："校长，水急，你行吗？"

"行！来，第一个上！"

一个学生趴上她的背。她说："抱紧！抱紧了吗？"学生说："抱紧了。"

她左手托着学生，右手拄着竹竿，走下水。走一步探一步，水流真急，一股急流冲击到小腿上，让人立不稳，她站实了，又迈出了一步,一步,再一步,第一个学生被护送过了溪河。"你乖乖站在这里,不能动。我过河再背。听见了吗?"

学生说:"听见了,校长。"

她转身下水,一步又一步上了岸,背第二个,"你们两个最大,待会儿牵好小的,知道吗?"

"知道,校长。"

成功了,背第三个、第四个。她开始喘气了,有点力不从心了。望望天色,雨没有停的意思,似乎在赌气,故意下个不停。她稍息片刻,说:"都是小个子,我抱过去。"终于,这18个孩子,她一个人分十多次,全部转移到对岸。在山路上,支月英送了一程,直到知道前面的路再不会有危险她才返程,自己蹚过河,回到泥洋小学。

当时,这事除了廖作英和孩子们知道外,谁也不曾看见,谁也不曾讲述。她不需要讲述与传播,她需要的只是学生安全。

廖作英是她的学生。廖作英清楚地记得,上

支月英在课堂上手把手教小学生写字

乘法口诀表那堂课,她请假了。也就只少上几堂课,廖作英并没有放在心上。支月英放在心上,她叫廖作英来到办公室,特地为她一个人补习乘法口诀表,那时还是孩子的廖作英并没有多大感动。后来她当老师了,与支老师共事了,她才感悟到,责任与爱心在支老师心中的分量。农村孩子来读书艰难呀!为人师表,不是做样子的,不是用来炫耀的,是要让学生获"道",这个"道"是知识与道德,是孩子们将来生存的本领,生存道路。

廖作英从支月英身上看到了自己努力的方向，自己应担起的责任。

转眼就是冬天，大雪封山的日子到了。学校没有停课，孩子们衣着单薄，有的女生是拎着烘笼来上课的。山里一夜大雪能深过膝盖，二、三年级的学生走山路上学十分艰难。

不能按时到校的学生多了起来，上课时间不得不临时推迟。

支月英昨天听了天气预报，明天放晴，又打电话问了乡气象广播站，气象播报员回答是晴天。她对学生说："明天继续上课。"

一早起床，见一夜大雪，深过膝盖，孩子们怎么来上学啊！四、五年级的孩子还行，一、二、三年级，个子小的怎么走？她担心了。

现在，老师只剩下三位了，他们三人分兵三路，到邻近路上去接孩子。她自己当然是去路最偏远、山最高的几个学生的家。白雪皑皑，寒气刺眼。这些山路平常就罕有人迹，一夜大雪填满了山谷山坳，盖白了山路山坡。她弯腰绑紧了球鞋，拉紧了脖子上的红围巾，拿上竹棍，走在厚厚的雪地上。她顺着路右边的小道，爬坡，一脚踏下，松软松软的，雪粒全挤进了鞋内，冰凉冰凉的。不会有人铲雪，她清楚，5里地外就住着5家人，有3家是有学生的。

她先是自责，如果昨天说一句停课，就什么事都没有了。

又一想，这样的晴天，让孩子们上课，运动运动，看看雪景，打打雪仗，不也是一件好事吗？无非自己多走几里路，没有什么好埋怨的。走吧！突然，头上落下几块雪团，她抬头一看，一只松鼠从松树上跃过，还停留在另一株树上，回首望着她，像是挑战，又像是好奇，她友好地举起手，算是对这只调皮的小松鼠撒雪的回应。她继续向山上走去。这一路，她还真没想到自己艰难，她只想到，山里孩子上学艰难，真艰难啊！我一辈子才走几次？可孩子们要走5年啊！读中学后，到了澡下，一年四季还得要走这样的山路，什么时候有一条水泥路，通到他们家门口呢？那天在雪地里行走，她

没想到十几年后，即2011年，她离开了泥洋，来到更远更高的白洋教学点，那年，因为白洋教学点路不好，没有通班车，虽然她已年过50岁，但还是靠双脚走上去的。

山里的孩子心爱山，山里的孩子一定要改变这大山啊！这山间小路，这山里林园，只有读书，有了知识才能改变山区啊！

愚昧无知是永远不会进步的，要让孩子们读书，教孩子们读书是老师的天职。今日放晴，是该上学，蓝天多明净啊！太阳出来，一定会暖洋洋的，白雪多纯洁啊，她吃力地加快了脚步。突然，她看见了远远的人影，两个，四个，呵，孩子们大声地呼叫！

"支老师，老师！"

"支校长……"

呼唤声在雪地上空回荡。

一位家长跟在孩子身后，激动地问："支校长，这么大的雪，这么难走的山路，你怎么来了？"

"来接孩子们上学。你看，太阳都出来了，太阳真好。上课，玩游戏，唱歌。"

这天，雪后放晴，孩子们第一次享受这雪后的集体生活，打雪仗，听支老师讲红军长征过雪山的故事，唱过草地爬雪山的歌，歌声与笑声在雪地里飘荡。

> 春天在哪里呀？春天在哪里
> 春天在那青翠的山林里
> 这里有红花呀，这里有绿草
> 还有那会唱歌的小黄鹂……

支月英喜欢改歌词，她把歌词改了一下：

春天在快乐的校园里，
这里能读书，这里好学习，
这里有我们可爱的姐妹与兄弟。
春天在美丽的校园里，
这里有歌声，这里有升旗，
还有团结友爱的大集体。

一位五年级聪敏的男生也修改了歌词：

春天在哪里呀，春天在哪里
春天在那快乐的校园里，
这里有歌声呀，这里有欢笑，
这里有我们敬爱的支老师。
春天在哪里呀，春天在哪里，
春天在支老师的笑声里，
教我们学算术，教我们写作文，
还教我们打球做体操……

师生都知道，走进了学校就是走进了春天，春天永远在泥洋学生的心里。

---

*本章歌词引自歌曲《春天在哪里》（望安作词），《山里的孩子心爱山》（佚名作词）。

敢问路在何方

一番番春秋冬夏，
一场场酸甜苦辣。
敢问路在何方？路在脚下。

13

彭校长下山了，李老师也调到澡下学校了。1984年，支月英23岁。接任彭校长的职务，全面负责泥洋分场小学教学工作，兼任分场文化户籍管理工作（负责全场700多人的文化户籍登记）。这两项行政工作没有一分钱补贴，算是做义工。多了一点点权力，这点点权力是什么呢？

接任校长后，她请分场领导派人把校门口的旗杆竖起来。分场场长亲自带领木工看了地形、土质，选择了笔直的杉木，上了光漆。在国庆节的前一周，竖起了旗杆，接好了滑轮，决定在国庆节举行升旗仪式。

学校每天早上要升国旗，唱国歌，这是学生上学要做的第一件事。开学后支月英就开展教升国旗和唱国歌的活动，在升旗那天要学生一律穿上白衬衣、黑或蓝裤子，衣服一定要整洁，戴上红领巾。

开学后的每天黄昏时分，路上车辆少。

支月英领着10名男孩，在路上一次又一次进行训练。

"出列！"支月英喊着口令。

"齐步走！一、二、一，一、二、一……"支月英如教官一样，2名孩子捧着国旗，8名孩子举起腿，甩开手臂，跟在后面，一步一步整齐地向前。

高高的旗杆下立着两名队员，他们接过国旗，穿绳，挂上旗杆。支月英又一声口令"奏国歌，升国旗"，就像当年在"共大"当运动员时接受训练一样，一丝不苟地操练学生。每次操练完毕，支月英总把孩子带到自己寝室，每人一个鸡蛋。支月英是运动员出身，知道大运动量训练后要补充一点营养。农村孩子没什么补充，就自己养了鸡，生了蛋，留给孩子们吃。

国庆节这天，学生提前到了学校，分场领导和各分部领导都接受了支校长的邀请，兴致勃勃地参加了这场别开生面的升旗仪式。

这场升旗仪式不同的是没有乐队，用录音机播放歌曲；没有仪仗队，从四、五年级中选10名同学进行训练。从排队、敬礼、举旗、升旗学起。操场很小，人数不多，但那气氛同样让人感受到庄严与庄重，敬仰与敬爱……

全场人齐唱国歌："起来……起来……"

在国歌声中，国旗徐徐升起，大人、孩子抬头仰望国旗在蓝天中飘扬。

从那天起，泥洋小学升国旗成了泥洋村一道亮丽的风景线，每天早晨升旗，每天黄昏夕阳西下时收旗。那时农村没见过电视机，山里人没见过天安门升旗的仪式。在泥洋这样的小山村，在赶集的日子里，山里人会被这样庄重的场面感动。

　　有一次，一个孩子迟到了，国歌响起来了，国旗升起来了，这位同学停住了跑步的双脚，抬起头，行注目礼。孩子们知道对国歌国旗的尊重。这升旗仪式在泥洋村持续了26年。最后一次，只有三个人，含着眼泪的三个人。那是告别的仪式，从此，再无泥洋小学。

　　泥洋小学在时代的进程中渐行渐远，小学的一切已成了孩子、大人两代人的记忆。泥洋小学的铃声也一直在支月英耳边回响。那铃声伴随了她青春的岁月，伴随她进入而立之年，伴随她度过中年的多事之秋，伴随她过了半百的年月。

　　初到泥洋上课打铃是由校长或值班老师敲一块铁块，或一块发声清脆的金属。那个年代的中国农村小学几乎都是这样，没有人去关注这个细节，这让人总有一种今天开张，明天散伙的感觉。

　　支月英上任后想，既然有电源、有线路，买了电铃，为什么不像城镇学校那样接上电铃，响铃上课呢！

　　这个小小的想法很容易实现，电铃安装在屋檐下，叮叮叮……下课了；叮叮叮……上课啦！不仅学生们很快习惯了这清脆的铃声，场部、周边的林场职工也喜欢上这铃声。那时农家都没有钟，没有表，听到学校铃响，就知道8点了，又响，学校做课间操了。再响，12点，该吃午饭。晚上响铃是上自习与下自习。

　　30年了，铃声伴随支月英从泥洋走到白洋教学点，每次经过泥洋，她总会在泥洋校门口驻足凝望片刻，那水泥黑板的漆还没脱尽，那沙坑已经被泥土填满，那篮球架已经倒塌，那电铃还挂在屋檐下，被风雨洗刷，线断了，电铃再也不会响了。她抬起头看看，燕子已在屋边筑窝了。"旧时王谢堂前燕，飞入寻常百姓家。"这不是"王谢堂前"的燕子，这儿也不是"寻常百姓"人家，这只是一所普通的山区小学，有自己的兴衰，有自己的苦乐。她脑袋灌的水太多，忆往事，看看来去的燕子，她总会有几滴苦乐的泪水从眼角边落下。

偶尔也会遇见自己的学生，或是经理，或是大学生，或是农民工，他们都是走出了大山的孩子，不是不爱山，是山外还有更精彩的世界，他们感谢支老师，感谢那段日子，那段生活。

那是20世纪80年代初，中国大门刚刚打开，农民已试着走出大山。很多父母把孩子留给老人代管，趁自己年轻力壮，到县城省城、到沿海城市打工，积点钱改变老屋面貌。至少，可以盖一幢新的砖瓦房。那年代，中国南方贫穷农民住的大多是土坯房，类似北方"干打垒"。黄泥砌的墙，木梁，黑瓦，经不起雨水冲刷、浸泡，遇上山雨、泥石流，土坯房成了土泥浆，甚至出现坍塌压

学生走在上学的路上

伤、压死人的事件。在山里种一辈子田，是无法改建父辈留下的土坯房的。山里人掀起一阵外出打工热潮，连年不减。从那时起，在中国就有了一个新名词——留守儿童。

支月英是在送孩子回家时发现这个问题的。有一次，她给几个学生补习数学，讲着，讲着，天黑了。

看看天色，好像还会有雨，叫学生回家吗？在山路上遇上倾盆暴雨怎么办？万一有个闪失，怎么向家长交代。她此时并不知道，孩子父母都已外出，她决定自己送，一个一个送回家。那夜，老天长了眼，只是打雷闪电，雨就是没有下来。在路上却遇上了一条蛇，小姑娘吓得大叫，她怕咬伤了孩子，急忙把孩子抱起。蛇窜进了草丛，她长叹了一口气，心想：要是能寄宿就安全了。送到家，她发现了

另一个问题，孩子父母都到县城打工去了。第二天，她又多跑了几户人家，仍然是这种情况，她想，这还真是个问题。这些孩子回家后由谁管啊？她这是瞎操心吗？她一个人习惯了，可以看书，可以唱歌，可以运动。这些孩子呢？父母不在身边，她们习惯吗？想念父母吗？让孩子在学校多待些时间吧，她愿和孩子们在一起。

山里孩子从小生长在山路间，山里孩子习惯了走山路。20里地也是走读，5里地也是走读。过去，学生离开了学校，老师不管，这也不能责怪老师，他们不管也情有可原，他们也急于赶回家，真正住校的老师也不多，常年住校的就她一人。

她当了校长后，立马办起了寄宿，调整了寄宿的条件，让年龄小、距校远的学生尽量在学校过夜。她第一次给学生补课时，因为对学生家庭住处、路程不明，第二天晚上，学生摸夜路回家，很多学生连手电筒都没有，到家已是夜半。她内疚啊！把读书辅导放在首位，让孩子担当了风险，没有安全的辅导是危险的。她把寄宿条件放宽，寄宿的学生增多了，她的工作量无疑在加大，晚上减少了休息时间。

她与场部商量，增加了寄宿生。

场部很支持她的建议。林场什么都缺，就是不缺木材、毛竹，为了不让孩子睡地上，场部拨了一些毛竹和木材，为学校做了一批床板，腾出二楼全部做寝室。这无疑是在给自己添麻烦，但她觉得，只有这样她才能心安。这时，她已搬到分场分给她的一间住房，是场部右侧一楼的平房，她的丈夫老蔡一直住到今天。

晚饭后要到教室里辅导，辅导完后到寝室巡视。改作业、备课的时间再往后推，星星点灯，月亮渐西，当学生进入梦乡后，她还在灯下伏案备课。

身边没有父母的学生放学后，就像鸟儿出了窝一样乱飞，学校教育、家庭教育、社会教育的三个环节不可或缺。父母不在，孩子谁管？来来去去的山路有什么社会教育？白洋教学点和三门教学点只办了三个年级。四年级入校的学生不可能回家，家距离学校都在20里地左右，甚至更远。夏夜，有月亮与星星，冬天下午放学后这路怎么走？遇上山洪暴发，暴雨倾泻，路上孩子们的安全怎么保证？

寄宿办起后，孩子们晚上补习，离校远的学生再也不担心走夜路回家了。下午放学的时间也不消耗在路上，而是在学校小小的操场上投篮、打乒乓球，支月英为孩子们组织了乒乓球队，定期进行比赛。女生还可以踢毽子、拔河、扔沙包、滚铁环、跳橡皮筋。不爱动的孩子学猜谜语。一句话，让孩子们动起来了，下课后把学生赶出教室。

那热闹的场面，让支月英想起了"共大"的运动场，想起了自己当运动员的日子。不是要人人都当运动员，是要人人都参加运动。运动给她带来的不仅是健康的体魄，还有集体观念，还有组织能力，还有互相团结的团队精神。她不希望从泥洋小学毕业的学生，耳边响着这样的声音：你们是山里孩子，你们什么都不会。

不，不，山里孩子也什么都会，会唱歌、跳舞、打球，知道天下大事。孩子们的业余时间，再也不是消耗在山路间，而是奔跑在小小的操场上和教室里。

冬天到了，孩子都是一床单薄的被子。支月英与孩子们一起到稻田里，背着一捆捆干稻草，打净，在操场上晒干，背到楼上寝室。这就是冬天的"垫絮"了。山里的冬天气温要比山外的低三四度。没有暖气，没有棉絮，靠的就是这一捆捆稻草，把热血躯体与寒冷的地面隔开。四、五年级的孩子开始寄宿生活后，冬夜留给童年记忆的恐怕就是这夜间稻草扑鼻的清香吧！

夏天，没有电扇，没有空调，好在山风穿过房间，倒不会很热，而山里蚊子又大又猛。学生会关好门窗早早点燃蚊香，驱赶虫蚁。

也会在房间四周点燃艾草,烟熏虫蚁。经过"内外夹攻",上半夜蚊子基本上处在"潜伏"状态。下半夜,蚊烟已经散尽,夜风轻吹,蚊子随风入室,谁的手脚暴露在被单外面,就有可能成了蚊子的"大餐"。这时,也是睡得最深、最沉的时候。第二天会发现露在外面的脚和手出现了无数个针尖大的红点点,密密麻麻,那都是蚊子"亲吻"学生后的"红印"。支月英心疼孩子。

支月英听说驱蚊油好用,就下山买了几盒驱蚊油分给学生,说:"睡前擦擦吧!晚上不要给蚊子再做贡献!"

春天,半夜下雨了;夏夜,打雷了;秋夜,刮大风了;冬夜,大雪封山了。支老师总会悄悄地起床,悄悄地走到寝室门口,从窗户里看看,女生怕不怕?男生有没有盖紧被子?孩子们睡得踏实吗?有没有孩子还在聊天?夜巡多年,几乎没有哪个学生发现。有一次,一个学生腹泻,半夜起来上厕所,才发现,才知道,每夜孩子睡后,支老师总会"巡房"。

孩子们实在忍不住叫一声:妈妈,支妈妈!真的,支老师对学生的照顾有时比妈妈还周到,想到的比妈妈还多。

刘强爷爷的心脏病加重了,在县城住院。支月英见刘世铭顾不上两头,就说:"你安心去照顾老人吧!让刘强来住校。"

如今做了爸爸的刘强,回忆住校那段日子,说:"课后的支老师,就是支妈妈了。下课后,就为我们学生炒菜。我小,还帮我洗澡。我睡了,走到我床前,帮我在蚊帐里捉蚊子。有夜,记得是雷雨夜,支老师竟来到我床前,她就知道我害怕。"

刘强说:"我不敢闭眼睛,我好怕。"

支老师说:"是怕,我是大人,我都怕过。但怕是没有用的,我们要勇敢地面对,我今天可以陪你,明天可以陪你,但不能陪你一辈子,你要长大,懂吗?"刘强点点头。那时刘强似懂非懂。

"直到今天,我懂,真的懂了,一个母亲的伟大,一位平凡的老师如母亲一样爱学生,爱孩子,于平凡中我看见了她的伟大。"

一位她教过的女学生回忆说:"我们小时候真不懂事,什么事都要去问支老师,不知道她好累,好辛苦。当我们做妈妈了才知道,支老师是我们的老师,又是我们的妈妈。那段日子不再来,那段日子不再有,但那段日子的感情永远会铭刻在心里。"

她愿意给自己肩上加压,加难。只要看到学生健康、安全、快乐、长知识,在成长,她就高兴、放心,会情不自禁地唱起歌。

她用青春、爱心陪伴学生,她用歌声陪伴自己。

14

这是与教学无关的事,却与学生有关。事情的起因是她看中了小卖部右边那块长满野草的平地,支月英问场部领导,能不能开垦种菜?场部回答说:"可以。"

几个春日课后的黄昏,她一个人在埋头开荒,挖地、松土、分畦、作沟,一行行菜地就这样整出来了。她种上了青菜、辣椒、茄子、丝瓜、西红柿,又买了两个桶子,挑水施肥。丝瓜开花了,茄子结子了,番茄露红了。丰收的季节,她收获了一篮篮新鲜蔬菜。同事、学生都来帮忙,他们高兴地说:"支老师,你真行,丰收了,吃上新鲜蔬菜了。"每天中午,她总会炒上两三碗菜,放在桌上叫学生们过来吃,学生们才明白,支老师房间才是食堂,她种的青菜都是让学生吃的。学校只管蒸饭,热饭,不管做菜,学生自带的菜都是腌菜与腌萝卜。支月英小时候就是吃腌制品长大的。她知道,什么叫营养,这儿有地、有肥,自己辛苦一点点,同学们伙食就会改善一点点,她乐意做这样一点点小事。为了补给孩子们的营养,她又开始养鸡,从2只到10余只,每天下蛋,她会轮流给孩子们吃。孩子们看到支老师平常也不太舍得给女儿吃，自己更不吃。支老师还买了一个陶瓷罐，把鸡蛋储存在罐子里，逢集卖给供销社或林场工人，卖的钱供给家庭贫困的学生使用。

支月英第一个月领到的工资是28元，后来是32元，又后来是50元，好不容易调到每月100元，她自己还得过日子，还得养家糊口，她尽量节省。为让孩子睡好觉，吃好饭，她是费尽心血。山里水电不要钱，自己种菜，养鸡下蛋，省下钱，为学生买书，买本子，交学杂费。有时，哪个同学头痛脑热，还支付医疗费。

她很穷，在城市，她这样的工资是可以接受政府救济的。然而，在她瘪瘪的口袋里，闪耀着这几个字：再穷不能穷教育，再苦不能苦孩子。这几个字告诉了我们她很富有，她愿将自己毕生献给孩子，挖不尽的是她的精神财富，是她对孩子的爱。在大热天，她为了省下一瓶矿泉水的开支，总会灌满一瓶山泉水上路；在冬天，她做一碗菜要吃几天，只是为了省一丁点钱。

这一天天的一丁点钱像一滴滴泉水一样，日复一日地积蓄起来，留给学生用。

孩子们再也不会让支老师一个人挖菜地了，也不会让支老师一个人养鸡了。黄昏时，孩子们和支老师一起施肥浇水，捉虫，摘丝瓜、茄子，欢乐的笑声与歌声从操场撒到菜地。也有调皮捣蛋的学生，比如刘强，有次放学时刻，支老师先送女孩，后送他，叫他等着。他闲着没事干，跑到菜地里挖红薯，挖出来的都是小红薯。支老师回来看到红薯地像被深耕了一次，真的好心疼，好生气。但看到刘强惊恐的样子，她又忍住了，说："把这些小红薯捡起来，带回家自己吃吧，尝尝自己劳动的果实。走，我送你回家。"

送孩子回家，是支月英给自己又增加的一个任务。

这是一个秋天。

四年级班主任告诉支月英：她们班上有两个男学生没请假缺课。据同学反映，他们是一起离开村庄的，在上学路上还看见了他们，到了学校就不见人了。

支月英再一问，三年级也少了两个同学。也就是说，在上学路上有四个男生不见了，出走了。他们到哪里去了呢？

每个学生的家，每一个学生上学的路况，她心中都有谱，路上有没有悬崖，有没有水库，有没有滑坡，有没有池塘，她都清楚。这四个学生的家在公路边，在路上不可能出事，既然出了家门，又没有到校，那就是他们在途中走失了，或到别的什么地方去了。那到哪儿去了呢？山里的孩子没有商店逛，没有游戏机房玩，那他们去了哪里呢？一直在校等不是办法，要去找！又从哪个方向去找才正确呢？

学校只有4位老师了。都去找，谁上课？

一位老师望着支月英脸上现出焦急的神色，安慰说："支校长，学生没有进校，学校可以不管。"

支月英没有过多解释，只说："你们继续上课吧！我去找。"

支月英找到缺课学生的同学，又详细问了一遍这个学生的爱好、兴趣、性格及表现，带着一个五年级的高个子学生，朝山峰的方向走去。

支月英是外县人，来奉新读书后，她知道了，奉新与家乡进贤一样，也是一座知名的有文化底蕴的县城，有1800多年历史。学历史时，她知道了《天工开物》这本书。这本书的作者叫宋应星，奉新就是宋应星的故乡，这本书就是宋应星在故乡完成的。奉新的农业好，大米好，是优质大米之乡，是猕猴桃与毛竹之乡，毛竹覆盖率达80%，奉新县是全国特色苗圃基地，有57个苗木场，花木苗圃十分知名，是全国信得过的种菌基地。往上追溯，不能不说与

宋应星那个年代就提倡"科学种田"有关。

奉新县还有一座山，叫百丈山。那儿有座庙叫百丈寺，是"百丈清规"的发祥地。当年怀海禅师提出大兴农禅，"一日不作，一日不食"。他自己身体力行，提倡做一个自食其力的僧人，把修行与务农紧密联一起。后人称奉新为"源灵境之地，文物昌盛之乡"。

来到澡下乡，她对澡下有了更深入的了解。这乡有一半地处奉新县越王山中。越王山，奉新人称越山，方圆4平方千米，最高处海拔近1300米，因盛产中草药七叶一枝花、黄精、土人参、前胡等等，因此又得名药王山。关于这山的名称有一段历史传说。

公元前494年，吴王夫差带兵打败越国，越王勾践被迫俯首称臣，在吴国为夫差养了4年马，做了4年马夫。公元前491年，勾践回到越国，卧薪尝胆，励精图治，经过10多年的治理，越国强大起来了，勾践亲率大军进攻吴国，吴王战败自杀，吴国灭亡。勾践灭掉吴国后，想做春秋霸主，于是统率大军，乘胜向西攻打楚国。在途中，听说，奉新地域有一座高山，很适宜屯兵，于是带兵来到这里。他发现这儿山泉清澈，汇流成湖，可解决兵马饮水；山顶地势平坦，开阔，可以操练兵马；山势险峻，山林茂盛，便于防守，于是在此筑城。此山，以后命名为越王山，此城叫越王城，演练兵马处叫点军坪。后代文人登山凭吊，写下诗篇：

> 越王山上月轮收，翠黛青螺近欲浮。
> 霸业尽随莲院水，云旗犹带土城秋。
> 点军坪上松杉老，走马仑前鹿逐游。
> 我欲登临问兴废，晴岚如许远峰头。
>
> （清·徐启运）

这几天，奉新县政府在招商引资开发景点，很是热闹，男生是不是去寻古凭吊，看热闹了？有极大的可能。支月英毫不犹豫地朝那座古迹名胜处奔去。

真巧，拦上了一辆顺路的解放牌卡车。拐了几条山路就到了工地。两个人分头询问，回答是没见过。支月英没有找到四个学生，心中顿时更加焦急。

支月英急了，还有哪儿能去呢？总不可能去看宋应星纪念馆，去登百丈崖吧！

当她走到解放牌卡车边，突然惊悟，判断去向应该正确，而判断路线是错误的。孩子们不可能从公路走，一定是沿山间小路，抄近路上山的。支月英为自己突然开窍而兴奋，说道："走，我们沿小路下山。"果然，在返回的山路上，找到了这四位男生。

五年级的师兄，发威在先："你们几个干什么啊？你看支老师累成这样，你不知道我们有多急吗？"

"我们，我们只不过是想看看越山，越王嘛。我们生在越山，长在越山，连越王城都不知道，还算澡下人吗？"

支老师没有生气，看到孩子们安全，一颗高悬的心终于放下来了，她擦了一把汗，说："对，对，你们说得对，我们是越王山的人，要知道越王山的事。学校一定会加强乡土地理教育，你们的意见很好，以后学校会组织大家来参观越王山古迹的。"

支月英就是这样的人，每发生一件事，处理一件事，都会从中寻找原因，弥补不足，从中获得新知识，与同学们分享。

回校后，她果真安排了家乡知识讲座，开展了一次热爱家乡、讲述家乡的作文比赛与演讲。《谁不说俺家乡好》——写一写你眼中的家乡。四、五年级同学全部参加，有写澡下的，有写越王山的，也有写宋应星的，更多的是写自己的家园。看来真的要加强乡情教

育,至少要让学生知道奉新的传统文化和地理环境!

不久,学校后山也成了她的"教学基地"。

后院山上有翠竹,有青松,认识一下家乡的竹林,笔直的松木,粗大的香樟。伸开你的手,来抱一抱这棵树,她领着孩子们穿梭在树木间与竹林间。支月英说,"我们家乡景色美,最美的当算翠竹了,一年四季青枝绿叶,随风摇曳。竹林中有许多小鸟,还有蛇,青竹蛇。每年我们要砍伐毛竹,可以供建筑用,可以编织各种工艺品,可以制作乐器,古代'爆竹',就是因为燃烧竹子时发出的声音可以辟邪,所以有'竹报平安'的说法,也有'爆竹一声迎新春,桃符万户辞旧岁'的老对联。后一联可以改为'锣鼓齐鸣辞旧岁'。如果有梅花开,又可以改为'梅花万点辞旧岁'。多美呀!"

"你们看看竹子挺拔,一节一节,古人以竹喻人,做到'高风亮节','铁竹虚心翠竹不畏寒霜'。古人说:'宁可食无肉,不可居无竹。'一是竹子的美,二是从竹子的虚怀若谷、奋发向上中感悟到做人的道理……"

她会让学生们在竹林里一言不发,伫立不动,静悄悄地谛听竹林里的声音。"来听听是什么鸟儿在叫。是斑鸠吗?是黄莺吗?是鹧鸪吗?是喜鹊吗?是猫头鹰吗?能分辨吗?"她问。"来,我们抬头看看,阳光穿过竹林绿叶,成了一束束的光柱,光柱与光柱之间是氤氲的气体,有色彩的气体在流动。鸟儿不时地从光柱中穿过,抖动着翅膀,发出叫声,是惊吓?是呼唤自己的同伴,还是表达自己的欢乐呢?当鸟儿栖息在树枝上时,不要惊动,静静地看着它。那黄中有绿的羽毛,那尖尖的嘴,一对眼睛,警惕望着四周,是什么鸟?黄莺!对了,是黄莺。你们听多美的声音啊!"

"再往后退几步,看看树上的绿叶,能分辨出各种绿色吗?"

"不能。"学生们回答。

"什么叫翠绿？什么叫墨绿？什么叫碧绿？什么叫嫩绿？来，我们一片片地看。我们每个人都是一片绿叶，这么多绿叶在一起就可以成为一棵大树，无数大树在一起就是大森林！"

"有的树叫作参天大树，有的草叫作嫩绿小草。有的叶子很阔，有的叶子很细，高大的树不骄傲，细小的草不自卑，他们都是森林里的好伙伴，他们一起成长，让我们的泥洋成了绿色的泥洋，让我们的家乡成了绿色的家乡。"

在春天，她教孩子们授粉接枝，带孩子在山上看春笋蹿高。

在夏天，看山里一个个、一串串野果子长大，一片片叶子边的花朵盛开。在秋天，那是拾秋的日子，摘果子，捡落木，逗松鼠，挖草药，会吹口哨的男孩还会采片绿叶放在嘴边吹起口哨，哼起她教的歌曲。

冬天自然是打雪仗，堆雪人……

这是什么课啊！自然？植物？地理？什么都不是，让孩子们热爱家乡每寸土地，让孩子在爱的情感里感受到美丽，感受到大自然的可爱，亲近家乡，亲近大自然。

也许，只有泥洋小学才有这样的课，只有泥洋后山才有这样的"教学基地"，才有这样得天独厚的条件。

支月英最遗憾的一件事是泥洋小学没有办起图书室（后来在白洋教学点办了）。买书款一直没有落实，她自费买了几本作文书发给三、四、五年级学生阅读。这事已成了习惯，一直坚持到现在，在白洋教学点依然给三年级孩子购置写作文的参考书。山里孩子小学毕业后，至少要学会文字表达、语言交流，作文是人生最初的训练。她喜欢给孩子们点评，而不是简单地评分。孩子父母外出打工那阵子，父母口袋里有余钱，她鼓励孩子们订阅省内的《小星星》《小猕猴》杂志，自费给三年级孩子订《一点通》。

现在广州某媒体工作的彭小红是新闻学硕士毕业生，至今，她还珍藏着支老师送给她的作文小书。很难说，这本小书给了她怎样的影响和力量，但她的珍藏的举动可以说明一点：她珍藏了那段日子的记忆，珍藏了支老师对她的教导，也珍藏了人生起点时，对理想选择留下的一点点纪念。

学校在她管理的这段日子里发展壮大起来了。泥洋小学全盛时期，学生多达120余人，完小这里学生80余名，白洋和三门两个教学点40余名，尽管老师不断轮换，学生数目一直平稳，考入中学成绩也靠前。她业余时间通过对全分场文化户口整理，发现小学与初中失学率为零。在校园，除了夜深人静时看不到她的身影，从晨曦初起到校园熄灯，都可以听到她熟悉的说话声、匆忙的脚步声，看到她与学生相伴的身影。

早上，她照例到楼上叫醒学生们、陪同学们晨练；中午，最热闹的地方是她的房间，学生们聚在这儿"会餐"；黄昏，不是在与学生谈话，就是在菜地劳动。教室是她的"主战场"，工作是上课与辅导。除非她躺在床上，除非她护送学生回家，或进行家访，其他任何时间，她的声音都回响在校园的上空，她的身影总是和学生在一起。

她下定决心，要把泥洋小学办好，对学生负责，对家长负责，对社会负责。她知道自己力量有限，她尽力；她知道，小分场很穷，她珍惜每一块钱；她知道，这儿闭塞，她会全心全力去打开门窗，为孩子们的心灵打开几扇窗户。

15

夕阳也许是留恋他们的歌声，久久依偎在越王山畔。竹林也许是想倾听他们的笑语，绵绵地弯下了腰，让晚风轻拂竹叶而过。

每天晚饭前,她总会和孩子们一起唱《敢问路在何方》:

你挑着担,我牵着马,迎来日出,送走晚霞,踏平坎坷成大道,斗罢艰险又出发……

这歌曲的旋律,激励她向前,这歌词就是对她工作的写照。
她迎来了多少次日出,送走了多少次晚霞啊!
这又是一个秋日黄昏,晚霞渐渐消散。
晚饭后,支月英照例去教室辅导学生晚自习。
山里秋日的阳光落得早,放下碗筷,天空仿佛掉了一块块半透明的薄纱,远山近树渐渐被昏暗笼罩,声音似乎也渐渐细弱,同学们的叫声、笑声也在随着暮光的远去,而安静下来。今晚却有点异样,似乎特别静,静得在她下楼时,能听到秋虫鸣叫。
她走进教室,教室真的是静悄悄的,只有几个女生在昏暗的灯光下做作业。
"王小英,其他同学呢?"支月英惊讶地问。
也许是王小英胆小,看看同桌的廖玲,不敢回答。
"你们说,快说,同学们去哪里了?"支月英有点急了。
两个女孩几乎同时站起来异口同声地说:"都去看电视了!"
"电视?"
"对,电视。"
这深山老林里哪有什么电视?
支月英为了证实自己的耳朵没听错,说:"你们再说一遍。"
"他们看电视去了。"两个女孩一字一字地说。
"为什么你们不去?"
"我们怕。"

"怕什么？"

"怕老师批评。"

"不是，我是怕走夜路。"

呵！在哪儿看电视？支月英奇怪了，这贫穷的山区，哪儿有电视，即使有电视，也没有信号呀！这么多学生都走了，男男女女、大大小小走夜路，出一点事都不行啊！

支月英严肃地问："快告诉我，去了多久？去了哪个村？哪个组？"

"下泥洋村，哪组，就不知道，是五年级大哥哥领头的，好像是廖家。"

"行。你们坐在这儿好好做作业。我没回，不准走动，懂吗？"

"知道，老师不回，我们不动！"

支月英带上手电筒，带着一根竹棍，出了校门。顺着公路山麓，沿弯弯山间小路向山坳的方向走去。

她多次走过下黄泥坑组，知道这儿村民大都在县城或省城打工，这两年富起来了，盖房添置电器，也许哪家真买了电视机。她路熟，一段路一段路走，竖起耳朵听着，那么多学生，肯定会有叽叽喳喳的声音。

走这山路，她再不像刚来时那样惧怕、谨慎了。竹棍既探路又能"打草惊蛇"，路熟，不会高一脚低一脚，也不怕小动物。每次走这条路心情不一样，或轻松，或沉重，或休闲，或思考。今天是焦急与气愤，真想把这群学生骂一顿，连批评的话都想好了。你们太无纪律了！不上晚自习，擅自外出，出了危险谁承担责任！是谁带头！是谁先提出来的？要处分！

走着，走着，走出了六七里地，看见了闪烁的灯光，寻光进了村，听见了歌声，她熟悉这歌声，是电视剧《渴望》的主题曲：

悠悠岁月，欲说当年好困惑，亦真亦幻难取舍，悲欢离合，都曾经有过，这样执着，究竟为什么？

支月英爱音乐，会唱歌。这段歌曲好听，她放慢了脚步。她还听见了孩子们的谈论声，歌声。灯光，是路标，她看见了一台黑白电视机，还不知叫几时，大概只有两本课本那样大的面积，放在桌子上。观众不少，有坐着的，站着的，包括远道而来的学生，围着。支月英悄悄地站在学生身后，环顾一下，还有几个村民在不时地抹眼泪，看来剧情还挺动人的。

细心的支月英借着灯光清点了学生人数，一个都不少。她放心了。望着孩子们稚嫩的背影，一肚子埋怨指责的话，她似乎说不出来。电视机小，她个子高，站得远，还真看不清楚画面。羊角天线拉得好高，这家主人好像还增加了室外天线，是网状的，银屏上不时地闪现波浪，没有影像，好在还有歌声，还有对话，大家还是认真地围着电视机看，不愿走开，等待波浪消失。主人是小伙子，穿着背心，不停地在调整天线的方向，画面时隐时现。

支月英发话了："同学们，你们现在可以商量一下，是看完了回校，还是现在回校。"

"哇，支老师，您什么时候来的？"

一阵轻轻的骚动之后，同学们都低下了头，等着挨批评。一名班干部反应快，说道："现在回家！"

放电视的主人万分惊喜："真没想到，把支校长也惊动了，支校长，快请进屋，进来坐，外面虫蚁多！"

支月英说："不用客气，同学们来你们家看电视，已给你们添麻烦了，电视还没放完，不要影响老乡们看电视。"她接着把那名班干部叫过来,对他说:"今晚自习算是放假,今晚的作业,我会安排时间让你们补做。这一路我看了,没有池塘水沟,路上还安全,你待会负责把同学一个一个平安带回,年纪小、个头小点的同学要手牵手。一个都不能少!知道吗?"

这是支老师说的话,同学们有点不敢相信,怎么一句批评指责的话都没有?静默片刻后,同学们异口同声地回答:"知道!"

支月英还惦记着教室里的几位学生,说:"我先回校了。"半路上,电视里的歌声穿过竹林,穿过山坳,传到她耳边,是《好人一生平安》:

> 有过多少往事,仿佛就在昨天,有过多少朋友,仿佛还在身边……如今举杯祝愿,好人都一生平安。

"多少往事,仿佛就在昨天啊!""多少朋友,仿佛还在身边!"一晃在泥洋9年了。彭校长调到澡下乡去了,请她吃饭的李老师也进乡小学了。学校的老师轮流在换,没换的只有她一人。她会走吗?她不敢回答,老公在山下,家在山下,而她在山上,相持快10年了,她带两个孩子在身边,这几年真不知是怎样过来的啊!

---

*本章歌词引自歌曲《敢问路在何方》(阎肃作词),《渴望》(易茗作词),《好人一生平安》(罗茗作词)。

心会跟爱一起走

心会跟爱一起走，
说好不回头，
桑田都变成沧海，
谁来成全爱。

16

这是她来泥洋村的第一个秋天，夜深人静时被一种奇怪而又恐怖的声音惊醒了。她紧张地打开手电筒，寻找声音的来源。她不敢下床，用手电光寻觅着。

她惊吓极了，手电筒从手里掉在地上，在那窗口下面有一只山蛙，从窗口又爬进了一条蛇，腕粗的大蛇。这可是蛇，不是鳝鱼，这条蛇慢慢地向椅子这边蠕动，会不会上床？要不要打？能不能惊动这条蛇？是毒蛇吗？这瞬间，她不敢往下想，她全身肌肉紧张，毛发全竖了起来，心脏加速了跳动。她唯一能做的动作是把被子往上拉，盖住头，个头太大了，双脚又露在外面，她蜷曲身体把被子紧紧地裹住。

人生第一次遭遇这样的情景,躲,没有地方躲了;跑,未必有蛇快,不留间隙封闭自己是最佳选择,屏住呼吸,不敢乱动,过了好久,好久,想亮开手电筒看看。想想,手电筒早掉在地上了。就这样,蜷曲着,露出一个鼻子,透透气,又缩进去。这时,她多么盼望天亮啊!多么盼望,晨曦爬上窗台!

以后,还遭遇到老鼠、蜈蚣、百脚虫等的"侵袭"。床头不再仅有手电筒了,还有木棍、蝇拍、铲子,凡是可以用来驱赶老鼠和癞蛤蟆等的"小武器"都放在手边。

她真不好意思谈起每次的"遭遇战",害怕老乡们笑她是胆小鬼。

打老鼠、打蛇、打山蛙的故事,终究还是传出去了。

因为同学们常到她寝室来补课、"会餐"。同学们很快看出了老师夜战的情景。

以前,她中午做一碗菜要留着第二天吃。后来,她分给同学们吃得精光,在卧室里留下的任何食品,尤其是熟食品,都会引来蚂蚁、老鼠、蟑螂。这些东西不怕人,杀不绝,赶不尽,都是集体行动。于是,她会不经意间地讲起与老鼠和蛇"搏斗"的故事。她本意是告诉孩子们要勇敢,要学会独立乐观地面对人生,面对遭遇的各种困难,每个人都会有从依靠父母到走向独立的过程,不要怕。结果,好心的孩子们告诉了父母。谁知,好心的妈妈在严冬或夏季山虫出没的日子里,一定要来陪她。下雨打雷的日子,竟然爬上楼来:"支老师,我来陪你了。"

支月英叫她们大姐或大嫂,说:"不用不用,我习惯了,不怕了。"

"一个女人家在这里,艰难呀!支老师,你是好人!多少老师都走了,就你,留下了。说心里话,孩子舍不得你,我们也舍不得你。以后,你就不要开伙了,到我们家吃饭吧,你吃不了多少。种田人家,没有别的,有粮有菜,只是多一双筷子多一个碗的事,不麻烦。"

那天，雨大，雷大。支月英准备收晒在室外的衣服，一位大姐拉住了她，说："不能出门。那闪电会打死人的。打雷时你就坐在床上，哪儿都不去，什么事都不用做。这山雷厉害，山上轰的一声，大树被劈成两半，山丘只剩半堆。不过，老天只轰坏人，像你这样好心的人，老天舍不得……你安心躺下吧！我就睡你边上……"

室外，秋雨瓢泼，山风呼啸雷阵阵；室内，夜静情深，秋凉袭人意浓浓……

多少年来，学生家长的深情浓意一直陪伴着她。

端午节的前几天，家长总是自动地组织起来帮她把学校后院里的杂草锄净，晒干，点一把火，烟熏火燎，减少害虫向校园逼近。

端午节临近的日子里，山里人用雄黄泡酒，用艾叶烧熏，可以驱虫杀菌。家长们把雄黄浸泡的酒喷洒在支月英住房的四周，形成一道屏障，防止小虫侵入。他们真心在帮助支老师，他们在用爱意留住支老师。

刚来时，支月英想，待有人来接班，我就下山吧。不能让学校空着没有老师啊。一年，两年，三年，没有人来！

一些人说，别说只有百把块钱工资，就是加到2000块钱，我们也不眼红，我们不会去。全给支老师吧！她愿意留，多给她一点福利，是应该的。

这句话传到支老师耳朵里，让她很伤心。艰苦的地方，偏僻的地方，难道真靠金钱留住人吗？这样的人留下来能真心为这个地方的人服务吗？她没有多一分钱工

支月英与村民一起挑书上山，保证开学到书，人手一册

资,没有任何福利,从28元工资开始起步。

她从留心、希望有机会下山,到安心下来;又从安心到"死心"。朋友、家人都说她傻,她只是微笑地说:"我就是傻,傻到悬崖不勒马!"不需要多解释,自己的选择,自己去担当,自己的路自己去走。

最让她揪心的事是交通,就是下山上山。当了校长要开会,要到县教育局统购教材,或采购或办一件小事,真费劲。这里一天只有早上和下午两趟班车,不管是春夏秋冬,她都是步行到观下,再乘班车到澡下,返回时又从观下走回泥洋。偶尔遇上一辆拖拉机,省力又省时,她真高兴。这个偶尔其实是罕有的。时间总是消耗在路上,她心痛。10多年了,这下山开会、办事常常给她的心添堵。

尤其是开学季,学生开学前必须拿到课本,三位老师集体步行下山到观下,再乘公交车到县城,领了课本肩挑背扛到县城车站赶中午的班车,下午5:30到观下,再肩挑背扛走20里山路回泥洋。有次遇上下雨,幸好他们做了准备,纸箱里放了几张大塑料单,紧紧地包住书。那真像战士爱护武器一样,保护好课本不受雨淋。三位老师却成了落汤鸡,山高路滑,摔倒了,又爬起来,挑着书,又走。让支月英难过的是有时从泥洋赶到观下,班车走了,步行40里地到澡下再乘车去县城要花上一天啊!这开会、办事,交通困难的问题,何时才能解决啊?想哭,都掉不出眼泪。

20世纪90年代初,抚州市师范毕业的一位年轻老师调来观下村小学,他叫刘清辉。他从小在观下长大,毕业后在抚州一个乡小工作了一年,并结婚了。为了照顾父母,他们回到了老家。刘清辉是老蔡的"兄弟""哥们",支月英听说他买了一辆摩托车,便毫不客气地对他发话:"没有班车就搭你的车。你有了摩托车,这个'便宜'是要占的。"

刘清辉刚来就耳闻这位大嫂，美丽又大方，能干又精明。

一天下午，刘清辉接到她的电话，问："你下午去澡下开会吗？"

"去。"

"几点钟出发？"

"饭后就走。"

"你等着我。我搭你的车一起去澡下。"

"你怎么下山啊？"刘清辉看了看表，此时已经是11点，如果步行，至少需要两个半小时，再往下赶，40里地，不迟到才怪呢。

"你怎么下山啊？"他焦急地又问一次。他知道，没有长途班车上山，也少有卡车上山，这不是伐毛竹的季节。

"不误你的事，你等我，等我就行！"

果真，她午饭后赶到，风尘仆仆，气喘吁吁，二话没说："走吧！"

她离澡下乡教办路程最远，路况最差，又没有班车，这么多年，每次开会她总是早到，很少迟到。不知情的人，总以为她会利用开会的机会回澡下家中住一天，或歇一晚上。只有刘清辉明白，她总是当天来，当天回校。她不敢也不能离开学校，离开了学校，她不放心。

孩子们的吃、住、学、教都是她在管。刘清辉还知道山里生活很苦，很清贫，留不住人，一学期，一个班换了两任班主任。不敢说地球少了她不能转，但能说，泥洋小学少了她，孩子们揪心，家长们担心，她自己呢？她自己不放心。

这天散会，又很晚，她没有吭声，静悄悄地走到刘清辉的摩托车前，等他。他上车，她也上车。他发动，车开了，爬上山路，她抓紧了车把手。这天有点热，车开到半路上，她凑到他的耳边大声说："歇歇吧！"

车在转弯处停下来了。她从包里拿出一瓶水，递上说："喝点

水吧！累了，别脱水。"

两人都取下了安全帽，她抖了抖一头长发，用手梳理后捋起，用橡皮筋盘成发髻后，望着刘清辉说："该你倒霉，有我这样一个同事，结识了这个哥们的老婆。我是不是有点蛮不讲理？累坏了你。"

"没有，没有，我从你身上学到了很多，真的。我缺的就是你这种一往无前的敬业精神。"刘清辉说。

这夜的月亮如他的名字一样：清辉，洒满山路、山谷和远处的山峰。那月下的山峰就如剪影一样，各自傲立。连在一起，有如起伏的波浪。也许真的是流多了汗，一瓶矿泉水，一饮而尽。

他跨上车，自言自语地说了一句："我蔡哥对朋友讲义气。你呀，支姐，你为学生付出这么多，讲的是爱心、奉献啊！"

"不能说奉献，决不能说奉献。这是我的责任，丢了孩子怎么办？我也想不插刀，有时真没办法。望着孩子们渴望的眼睛，我真不知是对还是错，扔了丈夫在山下，扔了父母在家乡，扔了孩子在家里。有时我只能自己鼓励自己，用歌声鼓励自己，还是那首歌唱得好，'过去，未来共斟酌……'"

到观下村已是月过中天了。按理，刘清辉该回家了，可能他的孩子已经睡了，他老婆还在灯下守候着他。然而，支姐怎么办？支姐今晚肯定要回泥洋，她明天上午还有课。他没有将摩托车熄火，他不送，谁送？让她一个人走上山，太不哥儿们了吧？自己送？说心里话，他还真缺这个胆量，他十分熟悉这条山路，一边是茂密竹林，一边是悬崖，路不宽，蜿蜒而上，坑坑洼洼，听说有的骑车人遇到野兽，强光照射，那野兽双眼绿光，横在路上，像是挑战。路边还有坟岗，还有泥石流留下的泥沙路面与一片黄泥的山坡陡面，这条路上的意外事故很多，他不想成为事故中的主人，他有些犹豫。

"想什么？"支月英问。

"没想什么，我知道你不会在这里歇一晚。其实明天大早一样回泥洋，和今夜回去是一个样。"

"不愿送？那我自己走！"

"不，不，绝不是这个意思，我是好心，怕累坏了你。走，走吧！"他脚一踩，响了，发起了向山上的冲刺，支月英开心地笑着说："这才是哥们！你也是我哥们。"支月英豪爽地说。

一次，两次，刘清辉没意见，但其他人呢？他也要工作，他也忙，有老有小。支月英是一个不喜欢给别人添麻烦的人，她决定自己学开摩托车。

几个月后，她学会了开车，半年后，她积了600块钱，找了一个合伙人，各出一半钱到奉新县城旧车市场买了一辆二手摩托。雄狮牌150。刘清辉说，你怎么买一个男式的，她说："这车实用，上山下山驮东西方便。"

有了车，方便了，什么事她都可以干了。买教学用品，每学期购教材，家访，送留守儿童看病。那阵子，她好开心，能做好多事了。

有个学期开学前那几天，老天不作美，总下雨。等晴天去取书，就会误了开学。望着连天的山雨，支月英还是决定冒雨下山取书。她带足了塑料布，取到书，打好包，放在车后，立即返回。一路顺利。车停在校门口，她取下书，呼喊着："廖老师，来，把书发给同学。看看有没有湿？"

刘强第一个跑出来，看到支老师满身泥泞，裤腿也划破了，膝盖上还有血。刘强惊叫道，"你们快来，支老师受伤了，支老师受伤了。"

孩子们都跑出来问长问短："老师，疼吗？"

"不痛！"

"老师，可以走路吗？"

"可以。"

"你要是不能走路,谁给我们上课啊!"

"同学们,你们看看,有没有弄坏的课本,今天晚上要预习。我没有摔伤,现在不是好好的吗?大家安心回去上课。"

其实,山路湿滑,她摔伤了,裤子都擦破了,膝盖也出血了,可她不能在学生面前显露出受伤的样子,说:"你看,我一身都是劲,来,唱一首歌。"

你挑着担,我牵着马,迎来日出送走晚霞,踏平坎坷成大道,斗罢艰险又出发,又出发……一番番春秋冬夏,一场场酸甜苦辣。

这酸甜苦辣,只有支老师心里明白。

摩托车的确给她带来了方便。大女儿在县城读书,病了。得到这个消息是下午,她把工作安排好,连夜赶到县城。车过观下,再从观下到澡下,从澡下到县城还有两个半小时车程,看到生病的女儿,已是子夜。她守在女儿身边。医生说:"高烧退了,只要不反复,就没有危险。"

她放心了。守到天亮,她对女儿说:"妈回去上课了。"女儿在妈妈身边长大,太了解妈妈了。学生和女儿同时摔倒了,她先扶的一定是学生,后扶的是女儿。

她说:"孩子,没办法,这是当老师的习惯。"守着学生的时间长,守着女儿的时间短,女儿知道。女儿只是含泪点点头,轻轻地说:"你走吧!"女儿到了懂事的年龄,知道学生是妈妈的心头肉。清晨,路上无人,她开着摩托一路向学校飞奔。刘清辉看过支月英开摩托,他说,那不是女人在开车,那是一条汉子,一个真正的哥们在开车,那动作的熟练,那爬山的气魄,那加大油门时的劲头,他一辈子也学不会，也没有那样的心理素质。她不怕车子坏，她不怕人累，她只怕学生久等，8：30上课前，她一定要赶到泥洋。第一天、第二天她都正常上课，第三天来电话说，女儿又高热了，她黄昏后又下山陪女儿去了。天亮又返回。刘清辉敬佩地说："你真牛！"

支月英爽朗地一笑，说："你不知道，我是属牛的啊！"

"你属牛！"

"是啊！我属牛，我也是一头牛。"

这次，车子终于坏了，人也累倒了。

天亮时分，车过观下后，轮胎破了，前不着村，后不着店，只能推着向前。十分劳累，十分疲倦。开车还不觉得，这样推车往山上走，她还真有点累，走这条路，已不是第一次了，她不怕，习惯了。习惯归习惯，这次发生的意外超出了习惯，推车走着，走着，下起了雨，山路打滑，上坡推不动。她想歇歇，调整姿势再用力，她是运动员，知道姿势不对，不仅推不动车还会扭伤腰。哪知夜黑，路不平，前轮撞上了石头或什么，车倒了，全压在她身上。那一刻，她两眼发黑，真想叫妈，可是叫妈有什么用，只能顺势躺在山路上。她喘着气，歇歇，换一口气。只有歇歇，才能有劲把摩托车推起来。雨水淋在她身前，泥水在她背下流淌，车子压在她身上。她猛吸几口气，终于推开了摩托车。只是，这次没有带上矿泉水，没有带上干粮。她张开嘴，伸出舌头让雨水往嘴里流，口好干呵，好干也要唱歌。只要唱起了歌，她就有了信心和勇气：

红军都是钢铁汉，千锤百炼不怕难，雪山低头迎远客，草毯泥毡扎营盘，风雨侵衣骨更硬，野草充饥志越坚……

支月英鼓励自己，我就是那钢铁汉，千锤百炼不怕难。山高人

为峰，崖宽脚是桥。唱着，唱着，泥洋就在眼皮底下了。

这又是一夜，又是一个清晨，刘清辉知道后问她。

"你不怕？"

"不怕我唱什么歌？怕呀！"

"你就别回校了！"

"我是老师哦！"

"要不要托哪个朋友看护一下你女儿？"

"我是妈呀！"

"你这样两头跑，总有一天会病倒的，我能帮你做什么吗？"

"我也想有人帮忙。谁能做妈？谁又愿意来做老师？"

刘清辉无语，她无语。

就这样沉默对着、沉默地想，想什么呢？

17

那夜，她右腹部疼痛，奇痛，如刀绞一样痛，她无法忍受了。

那时，学校只有三位老师了，她也不想做全能老师，她也不想挑那么多的担子，她知道自己能挑多少斤，她真的知道。

她想，可能真的是要结束教师工作生涯了，真的是要离开泥洋了，人想留客天不留啊！

她担心自己得了"怪病"。医生说是胆结石，胆绞痛，要手术治疗。

"开刀后还会痛吗？"

"不会。"

"能上课吗？"

"能。"

"那就开刀吧！只要能让我教书，让我回泥洋，什么治疗我都不怕！"

工作真的把身体压垮了,她像女儿那样病倒了,被送进医院。

她躺上手术床,全麻,插管,铺单,挂瓶,手术开始了。她不知道,什么也听不见,也看不见,醒来时,身边是医务人员,是老蔡,是孩子,还有山里来的学生……

三年后,她又进了医院,右眼视网膜的黄斑严重出血。这次,这只眼完蛋了,真的完蛋了,不能看黑板了,不能写字了,好在有左眼,她会好好保护左眼。到了"多事之秋"的年龄,几乎年年都要进医院,小腿因静脉曲张竟然挨了14刀,她这才感悟到疾病与健康只能二选一。她选择健康,但疾病还是没有放过她,甲状腺功能减退,血糖在悄悄升高,声带长了结节,想亮亮嗓子、炫炫酷也没有条件了。她真的有点悲观,如果当初选择下山,会得这么多病吗?自己这辈子选择错了吗?

她又回到了泥洋,回到自己的宿舍,一个人。老蔡巡山去了;孩子读中学,下山了。一个人,面对自己的影子,回忆流去的岁月。

车子,修理一下,还可以用。车子也有报废的时候,人呢?病了,修理一下,能上班吗?

没多久,车子真报废了。一个朋友向她借车,出事了,车子烧成了一堆废铁,她十分苦闷,又要开始步行了。要下山办事,没车是不行的。她尝到了有车的甜头,方便,快速,随时可行,能省多少时间做多少事啊!

支月英决定买第二辆摩托车了。这次产权属她一个人。第二辆叫雅马哈,据说还是名牌,蛮贵的。自己省吃俭用,东借西凑。山里人又看到她骑车的矫健身影。几个退伍兵说,这哪像一个乡村女教师,简直是一名机械化部队的摩托女兵。"雅马哈"几乎没有休息的时间,自己用,村里借用,去奉新,下村落,几年的折腾,"雅马哈"报废了。

只能再次勒紧裤腰带，寒暑假打工，买了第三辆摩托车，名叫捷达。不能怪摩托车质量不好，只能怪山路坎坷，路不平坦，几年后捷达也"下岗"了。"山路危险，年龄在增大，你的身子骨经不起折腾。"学生家长这样劝她。

不能没有车，又买一辆南方牌，她没有听学生家长的劝告。第四辆报废了，又买了第五辆，这辆摩托车叫豪爵。不是她骑车有了瘾，不是她有了钱，不是她喜欢折腾，而是她发现，有一辆摩托车可以为学校、学生、老乡解决太多的问题、太多的困难。

就说送学生回家吧，做完作业，年纪小或路远的孩子她一个个送，全部送完，天都没黑。过去一、二年级学生在路上玩哪，跳呀，走到家门口，都到亮灯的时候了。有了车，学校教学以外的事，一样办。山里有人病了，怎么送出去？急病要抢救怎么办？给她一个电话，她立马到，立马送，方便。

这天晚上，不是电话，是学生叫她。有个孩子肚子疼，医学上这叫"急腹症"。在农村，孩子肚子痛都不当一回事，或用万金油擦一下肚脐眼，或按摩一下肚子，更有甚者就服止痛药。岂不知，肚子痛服止痛药是无效的，医学上叫痉挛，要服解痉药，但不允许乱服解痉药，要观察，怕是肠梗阻、肠套叠或急性阑尾炎致肠穿孔，处理不当，严重的话会致人死亡。

这天，这个学生肚子痛。支月英也一样按民间方法先用上了一招、两招，但都无效，孩子脸色苍白，大汗淋漓。支月英二话没说，抱起他，带上一个大孩子，骑上摩托车，直奔村卫生所，村医说赶快去镇卫生院吧，可能要开刀。

支月英急了，立即加大马力开车下山，直奔澡下乡卫生院。医生说，孩子是急性阑尾炎，再来晚一点，穿孔，就会危及性命。

支月英再一次感受到，有车真好！

她的摩托车成了村民的"摩的",成了学校分场的"公用车"。

至于平常下山购物,再也不用集中等到哪天派人,或有车下山了。有一年元旦,孩子们说想吃方便面,山里很多孩子没见过方便面,水能把面泡开吗?

眼见为实。支月英决定用吃方便面的方式迎接新年的到来。

她跨上摩托车,油门一踩,下山了,购了两箱方便面上山。

她即兴给同学们讲了几句话:"顾名思义,方便面给我们生活工作提供了方便,你看有碗,有筷子,只要有一瓶开水就可以冲泡成美味的面条。当然,如果没有水,在最困难的情况下也可以像饼干一样咀嚼补充能量。把湿面压缩成饼团样面,又通过开水化成美味的面条。食品专家用自己的大脑去思考才有了我们今天的方便面。大家还记得这一课吗?"

"人有两件宝,双手和大脑,双手能做事,大脑会思考……"

"要不要思考?"

"要!"

"好了,每人一碗方便面,边吃边思考。吃完后,我会问你们:你在思考什么?"

孩子们会不会思考或讲出支月英骑摩托车引发的许多爱心故事呢?

"豪爵"又坏了,还要不要买?买!她又买了第六辆摩托车。

6辆摩托车可以写出60个乃至600个故事。那是另一本书要讲述的故事。

这些故事或事件能让读者走近乃至走进支月英的心灵,认识她是一个什么样的人。爱本身就是一块领地,有爱心的她随时随地都可以表现出奉献出自己的爱。她心中有自己的绿荫,自己的小道,自己的房屋,甚至有自己的太阳、月亮和星辰。

她心中有自己唱的《心会跟爱一起走》：

……心会跟爱一起走，说好不分手，春风都化成秋雨，爱就爱到底……

18

她再也没有去买摩托车了，不是她调走了，不是她累坏了，是泥洋小学在变，变成了教学点。学校变小了，学生变少了。她还要摩托车做什么？她不做外卖，不送快递，不做赤脚医生，不做微商，她要做老师。

泥洋分场场长都换了几任。1998年走马上任的分场场长叫廖作生，曾是一个老实巴交的农民，年轻时靠种田为生，一家人连荒山带水田好歹有六亩地。后来当了生产队组长，入了党。生产队归到林场后，他当了护林员，由于工作认真负责，当了队长。45岁那年被提拔当泥洋分场场长。他自己初中毕业，深感读书有用，文化重要。来场后，特别关心分场小学，尽管分场收入不高，自主权不大，还是关心地问支月英需要什么支持，要添置什么教具。那时，已有了教师节，廖场长建议每年教师节给老师发30元钱，表示祝贺和祝福，6位老师，180元。一年后，只发150元，再过两年又走了一位老师，到廖场长退休时，只剩下支月英一个人了。支月英说："这30块钱给学生买点礼品吧！我不要了。"

大家以为，她也要走，家长、学生、分场职工一起涌到她的房里，房里只有她一个人。那时，她家老蔡是护林员，常常巡山，两个女儿下山读书了。房里空荡荡的，只她一人。她抱着枕头哭泣，无人了解她。当时，她也可以卷起铺盖走人，也可以休假。她哭了很久，还是决定留下来，她自问：泥洋就真的这么苦吗？工作真的这么累吗？我真的那么傻，傻到悬崖不勒马吗？

她忘不了与廖场长的对话。

廖场长问："买点什么呢？"

她说："水泥，黑板都脱漆了，请帮忙再加一层漆吧！"

"教室的门铰链松了，房门关不严实，冬天风大，会冻坏孩子，修一下吧！"

"走廊上的宣传栏加一个框吧！"

廖场长列了计划。她说："不是全部教室都修，只整理两间吧！把这两间装修好一点。"

"两间？"

"对！两间。"

廖场长真有点不解。廖场长真不知道，学校怎么会减员，减得这么快。

减少老师可以理解，学生也在减少。多好的支校长啊！

从支月英的眼神也看得出，她充满忧郁和苦恼。

支校长说："一、二、三年级和四、五年级分别集中到两间教室，学生不多，以后可能会越来越少。不过，再少，我也会坚持，不让我们分场的任何一个适龄儿童失学。"

"不,不,我不是这个意思。我们学校办得多好啊！你多努力啊！为什么学生会走呢！"

"廖场长，我理解。这走，是正常的，是好事。家长都希望自己的孩子上好学校，多学一点知识，多一点见识。父母到县城打工了，把孩子接走，一是照看方便，二是县城学校比我们村小要强，县城的环境，那些老师，那些同学都不一样啊！"

不久，廖场长卸任了。

他来告别。他看到支月英一走进教室，就和学生融在一起，就

精神焕发，就忘却了疲劳。这些课文，她已讲述了几十年，她还是那样认真，那样充满激情，一字一句地讲述。她声音依然嘹亮，精神依然振奋，这群学生一样认真，一样充满激情。

下课了，学生依然到支月英房间帮助插花换水，依然递上一杯菊花茶，"老师，你嗓子又哑了，喝一口，喝一口吧！"

"好，好，我喝，我喝！你们要多读书，读好书就是对支老师最大的爱。"

她会告诉孩子们："你们的大哥大姐都在山下，都走出了大山，'海阔凭鱼跃，天高任鸟飞。'只要你们努力，大山、平原、河流、海洋与蓝天就会有你们的翅膀闪过。"

事，是几十年来对学生常做的事；话，是几十年来对学生常说的话。事没有改，话没有变，变得是一级又一级的学生。

插花换水，递茶端座，已是毕业班往下传递的不可少的功课，支月英在坚守，学生的传递也在坚守，会传递、坚守多久呢？

---

　　*本章歌词引自歌曲《心会跟爱一起走》（邢增华作词），《敢问路在何方》（阎肃作词），《长征组歌》（肖华作词）。

让世界充满爱

你走来，他走来，
大家走到一起来，
在这缤纷的世界里，
有无限的爱。
啊，让这世界有真心的爱，
让这世界充满情和爱……

19

2004年来到。

2003年夏天，支月英带领五年级同学去澡下考初中，她很清楚这可能是最后一次。已经没有四年级的学生，只剩下三个年级。学校减员是必然的，到了年底，只剩下她一位老师。面对这三个班是继续坚守，还是放弃。她选择了前者，不走。不到没有学生，她决不离开泥洋。

曾有一首流行的歌《跟着感觉走》：

　　跟着感觉走，让它看着我，希望就在不远处等我，跟着感觉走。让它带着我，梦想的事哪里都会有……

　　她会唱这支歌，她没有跟着感觉走。跟着感觉走的年龄已过去了，再退回到十几年前的岁月，她可能会。

　　那时的感觉是什么？钱？权力？舒适的工作？这都是一些人的梦想。她有梦，有感觉，有一首歌曲在当时很流行，这首歌更明确地表达了她的心意，她立马就学会了，她决定教会学生们一起唱，这首歌叫作《让世界充满爱（一）》。这歌词真好，仿佛就是自己的经历，自己的心境：

　　想起来是那样遥远，仿佛都已是从前，那不曾破灭的梦幻，依然蕴藏在心间……

　　与学生同欢乐，同忍受，同风雨，共追求，怀着同样的期待，拥有一样的爱。学生毕业了，走了，走出了泥洋，走出了澡下，走出了县城……不管学生走得多远，窗前的鲜花永远灿烂，桌上的菊花茶永远热烫，每天热情的问候，每个学生天真的笑脸……那稚嫩的声音，那真心的关爱，永远，永远，留在她的身边，她的心中。

　　是谁在默默地呼唤，激起我心中的波澜，也许还从未感觉，我们已走过昨天……

　　她与孩子们的歌声在山村学校的蓝天下回荡。
　　多少次，她捧起学生的脸。
　　多少次，她牵着学生的手。

是爱让她留下啊！

是爱的那份责任让她留下。

又是一夜风雨。

这夜，诚如她来的那夜，暴雨、雷、闪电、风，景还是来时的景，人已不是来时的人。支月英已没有恐惧与惊慌，没有好奇与担忧了。30年快过去了，经历了多少次这样的风雨雷电啊？在风雨中，她总会想起毕业了的学生，想起他们的今天与未来，她是快乐与幸福的，这就是她力量的源泉啊！

山里风雨的日子太多了。她忘不了有一夜，那是临近考试的日子，山风吹断了电线杆，电线断了，学校停电了，路灯也熄了。她担心两件事，一是学生要复习肯定不会早早地上床睡觉，他们怎么复习？二是断了的电线会不会漏电，导致触电事故。平时她怕夜间断电，家中备了蜡烛，还有一盏煤油灯。今夜，这照明物可是救急用品啊！她亮起手电筒，带上蜡烛、煤油灯，向教室大步走去。

果然，五年级的男生打算出去"侦察侦察"，女生抱成一团，不知所措，教室里一片混乱。她一步迈进教室说："同学们，请安静，坐下。"为了节省用电，在校晚自习的学生夜间都集中在一间教室里学习。黑暗中，听到了支老师的声音，学生们一下安静了。

支老师把亮着的手电筒放在讲台上，说："大家都坐在自己的位置上。五年级同学请点燃煤油灯，共用。四年级同学用蜡烛，有手电筒的同学请关电，省着点用。如果要上卫生间，请带上手电筒，两个人一起去，安全第一。没有完成作业的，请坐下继续写。五年级同学开始复习，我坐在这里，不懂就问，好了，全体安静。"

窗外的雨还在下着，尽管不大，雷声与闪电也渐渐远离，今夜，电灯是不会亮了。场里的电工是兼职的，要等到天亮后，才能抽空来维修线路。

那以后,支老师准备了5盏煤油灯,一旦晚上发生停电,教室里就会点亮5盏煤油灯,像5颗星星,点亮黑暗的雨夜,陪伴学生夜读。

只是点煤油灯后的第二天,同学们洗脸的时候,都相视而笑了。他们都发现对方的鼻口黑乎乎的,原来那是油烟熏黑的!

煤油灯火熏黑的鼻孔也是美好的记忆!

支月英忘不了那双脚,小姑娘那双渗血的小脚。

到了冬天,家境稍好的农家子女,都会穿得鼓鼓的,而家贫的孩子,则把春秋单衣都加在身上,看起来很多,但是很凌乱,不保暖。这些家贫小孩难以抵御寒冷,空荡的单裤,一双赤脚蹬着一双破塑料鞋。

那天雪停了,满地是冰。支月英担心孩子们上坡时摔倒,烧了锅热水,还熬了米汤,把石阶上厚厚的冰块用热水先化了,再浇米汤,山里百姓说:米汤能减少打滑。她照做。她站在石阶旁,扶着一、二年级学生一个个走进学校,当邬丽琴抬起小脚迈上台阶,支月英看见了血,那血还在脚上流,她急忙蹲下说:"让老师看看。"

邬丽琴说:"老师,不要紧,每年冬天都流血,是这样的。"

孩子已把流血视为是正常的。

支月英却认为是异常的,她看清了,那里黑色的是结痂。"来,到我房间去。"

孩子以为出了什么事,低着头跟着老师。

支老师把热水倒进脚盆,说:"来,老师帮你洗脚。"

在家里,妈妈从来没有帮她洗过脚,她吓得往外跑,说:"老师,老师,我脚每年都这样流血,不要紧的。"

支月英把孩子抱了进来,放在小板凳上让她坐下,说:"把脚放进脚盆里。"

支月英的手也放进了脚盆。支月英的手在小姑娘的脚背上轻轻地擦动，脚背、脚后跟、脚趾头，一个又一个脚趾头。

"疼吗？"支月英问。

"不痛。"

"真的？"

"真的，习惯了。从小就这样，老师。"孩子说。

支月英把孩子的脚放在怀里，她用自己的体温温暖孩子。

一位作家说：一个人脑子里灌满了水，就会常流泪。支月英的脑子也灌满了水，那是纯净的山泉水。每当她看到山里孩子的生活艰苦时，她总会不自觉地流泪。她太善良了，太脆弱了。

她用肥皂、毛巾为孩子洗净了双脚，擦了防冻油，找了一双袜子穿上，说："记得每天给自己双脚烫一烫。"中午，她去了小卖部，买了一条毛巾，这是专门为孩子洗脚用的毛巾。她还买了创可贴。

她感到自己能力太小了，她为山里孩子做的事太少了，做的事太微乎其微了。

有位作家说：心是一棵树，爱与希望的根须扎在土里，智慧与情感的枝叶招展在蓝天下。无论是岁月的风雨扑面而来，还是滚滚红尘遮蔽翠叶青枝，心这棵树总是静默地站在那等待，并接受一切来临，既不倨傲，也不卑微。

是她吗？

她还忘不了那天，给练升国旗的孩子每人吃了一个鸡蛋，其他孩子都看在眼里，支月英也看在眼里，那羡慕的眼光，支月英是不会忘的，支月英记住了。那时鸡笼里只有三只鸡，养鸡她是生手。春天，她用买的一些和自己积的一些蛋，开始孵化小鸡。同学们知道了，一下课就围在鸡笼旁边看，支月英说："鸡也要安静，也会害羞。我们不要吵它们，让鸡安静地孵小鸡好吗？"

学生听话，但那种好奇心是按捺不住的，一不注意，又跑到鸡

笼边。支月英不得不把鸡笼做大,做成双层,最外层呈一个封闭状态。这双层的鸡笼实际也是小鸡诞生后的家。山里有黄鼠狼,有山猫,一不小心,小鸡会成为这些"强者"的"美食"。

有一天,一个小男孩终于听见鸡笼里发出了小鸡的叫声,他向全校公布了这个振奋人心的消息:小鸡出生了啊!不是一只,是一群,黄绒绒的毛,好可爱啊!孩子们都来围观。那时节,学校真热闹,真好玩,真让人羡慕,有玩,有吃,有书读,还有自己的菜园和小鸡舍。孩子们好喜欢学校生活。

小鸡一天天长大,都开始下蛋,孩子们舍不得吃鸡蛋,贮存起来卖出去换钱,用钱买书。支老师把这钱留一点买药,如创可贴、止咳糖浆、消炎片,为孩子们的卫生健康提供保障。

母鸡最多时有20多只。有一年元旦,支月英决定杀一只鸡给孩子们吃,大家都反对,"让鸡生蛋吧!"

"鸡老了,不能生蛋。"

"那,我们也不吃。"一个小姑娘说,"这只老母鸡为我们下了那么多蛋,我不忍杀死它,更不愿吃她的肉。"

她惦记着一对有智力障碍夫妇的孩子。

支月英听说三门教学点有一家孩子没上学,一打听,父母都有智力障碍。她决定去三门村家访。在路上,她担心孩子也有智力障碍,进屋一交谈,发现孩子智力不错,甚至比一般孩子还强。支月英劝孩子父母让孩子上学,读书。动员有智力障碍的夫妇是一件十分困难的事,再三解释,孩子父母的回答永远是两个字:"没钱。"

支月英担心的不是失学率,而是不让这个好好的孩子荒废学业,如果不读书,那是人为的智力障碍啊!一学期100元学杂费,她决定自己先垫付,入学以后再想办法吧。

上学期她垫了100多元,下学期又垫了100多元。她乐意。孩子对读书有兴趣，有进步。第三学期，孩子没来上学了，她急。又去家访，知道孩子父亲外出失踪，下落不明，女方带着孩子也走了。她心里一直惦记着，那年，那孩子8岁，是男孩。算起来，男孩现在也该大概有27岁了。

这些年来泥洋的生活让她最不适应的不是吃穿住行，而是冬天洗澡和洗头。

第一个冬天到了，她难以忍受整个冬天不洗澡。她问了几位女老师，女老师回答简单，我们都是回家去洗。她们都是当地人，或回县城，或回澡下，都可以洗澡。而她，回澡下？蔡同学没有自己的房，依旧是在哥哥厅堂里搭的一个铺，冬天烧桶热水也艰难。想想，不去给人添堵，自己解决吧！她记得曾看过一次录像带，影片中有这样一个镜头：冬天，阳光下，雪地里，苏联女兵用被单围着洗澡。她为何不可以这样呢？在学校避风朝阳处，找一个角落，打四个杉木桩，用蛇皮袋围成一圈，不就是临时澡堂吗？搭个灶，点上火，烧一锅开水，拎一桶冷水，不就解决问题了吗？这时的她没有想到更多的美好回忆，浪漫情调，想到的只是皮肤上痒痒的，身体上脏脏的，洗一洗，人会清爽多了，舒服多了。为了避免意外发生，她请了几个五年级的女同学帮她守在四边，一个守着灶，让火不要熄了，不要大了，一个帮她不停加热水，临时澡堂就这样不声张地"开业"了。哇，这是上山以来第一次洗热水澡啊！热水装入脸盆，她高高举起，从头淋下来，好爽，好舒服。

一个好心的家长远远看到几个女学生"玩火"，担心地跑了过来，吼叫着，"你们怎么在玩火！"

女同学也不示弱地吼道："不准向前，我们支老师在洗澡！"

支月英听到了双方的吼叫声，问了一句："是什么人？"

"是阿姨。"学生回答。

支老师说:"放行,问她什么事。"

"呵呵,是支老师洗澡啊!对不起,对不起,我担心孩子在玩火。这火是玩不得的。冷吧?"

"谢谢!还好!热水暖乎乎的。"

"支老师,你这个蛇皮袋不扎实,哪天我找我老公请几个人,用砖泥帮你砌墙。门口挂个蛇皮袋门帘,我们客家人都是这样洗澡的。你这样风吹起来又不安全又不保暖。"

在赣州、吉安,这叫澡寮。夏天拎冷水,冬天拎热水。一年四季都是拎桶洗澡。

冬天室外洗澡,还真领略了寒与热"交战"的感受,其实寒风不可畏,什么都能适应,适应了,就习惯了;习惯了,就不可怕,也不用大惊小怪。同样,冬天洗头也让她长知识。

热水洗过的头发要马上吹干。如果想在冷空气里吹干,那是自己害自己,温度下降,山风嗖嗖,头上的水很快会结冰,头发被冰棍包裹着,一不小心头发全部折断。后来,还是场部的小姑娘帮她买了一个电吹风,冬天洗完头,赶快回到室内,吹干,这样才能保护好秀发。

不久,乡亲们真的自发地帮她搭了一个简易的澡堂。三面是用土砖砌成的墙,高过头,朝南的一面是麻袋,麻袋下还吊了两个鹅卵石。麻袋垂直拉下,不怕风吹,掀不起来了。支月英说:"嘿,这个澡堂都有机关。重力作用,风吹不动,安全保暖多了。"

在阳光灿烂的日子里,在这土圈子里洗澡还真的是暖和的,阳光照着,还真有点浪漫的味儿。

老乡对她真好!

想到这些年来,家长对她的情意,支月英的心总是暖暖的,就像冬天里泡温泉一样,舒服。心会跟爱一起走,爱与被爱也会一起走啊！撒下了爱的种子，一定会开出爱与被爱的花。

20

城里孩子无法想象和理解，山里孩子上学日子时的伙食，家里煮好饭，装在瓦罐里，放上几块干萝卜或腌菜，交给学校的食堂。所谓食堂只是一口锅，一个大蒸笼，把饭菜放进蒸笼里蒸热。中午排队取饭。食堂晚上不炒菜，瓦罐里的饭不是家里蒸好的，而是由炊事员早上洗好米，一勺勺很平均地分进瓦罐里盛好水，装进蒸笼里，点火蒸到饭熟。学生吃的是热乎乎的饭，而菜还是萝卜与腌菜。要准备五六天的菜，哪有新鲜菜？鸡蛋是要留着换钱的，肉是过年才有的，腊肉只有那么一点点，各家各户都是留到关键的时刻才吃，比如来了客人，夏天开镰收割双抢，家里有喜事。一般只是吊在屋檐下，风吹着，舍不得胡乱吃掉。

支月英读中学的那个年代，更苦。什么都要凭票供应，油票、粮票、糕点票，吃饱的日子都不多。至少，现在粮食供应已不成问题，饭还是有得吃。上不封顶了，只是手上无钱，没有能力消费。萝卜与菜都是自己地里种的，只是放点盐，简单加工一下，一年四季可以用来下饭。那还是一个只能管住肚子不饿的年代。

支月英迎来了任校长后的第一个六一儿童节，今年除了唱歌跳舞外，还举行什么活动呢？让孩子聚餐吧！全校孩子一起吃饭，吃很多学生只听过但还没吃过的肉包子。她请分场拨了一点钱，买肉包子的钱。她知道，山里孩子真没见过没吃过包子。一大早，她下山到观下早早候着。这是头天电话联系好了的，按人头算，定做了200个包子，每个学生能吃2到3个，中午送上山。

这天还举行歌咏、书法、拔河比赛，然后是看文艺节目。唱完歌，跳完舞，支老师说："洗手，洗干净。我们吃包子。"

　　一、二、三年级的孩子跳啊，叫啊："有包子吃啊。"城里孩子会有点匪夷所思，有包子吃，就该那么高兴吗？是的，就这么高兴。

　　排队，一年级小朋友排第一排。

　　支月英抱起最小的还只6岁的小女孩，把包子送进她嘴里，问："好吃吗？"

　　"好吃。"

　　"以前吃过吗？"

　　"没有。"

　　"支老师，支妈妈，为什么叫包子呀？"

　　"因为这里面有肉呀！"

　　"是不是不包肉的都叫馒头？包了肉的馒头都叫包子呀？"

　　"不是。馒头是馒头，包子是包子。"

　　"那包了肉的都叫包子吗？"

　　"不，也有叫饺子的。"

　　"支老师，我还想吃一个，可以吗？"

　　"支老师，每年六一儿童节，我们都可以吃到包子吗？"

　　"可以，可以的。孩子们。"

　　"支老师一定会给你们买包子，买大包子，最大最大的包子。"

　　后来，有家长开玩笑说，每个孩子都特别盼望过"包子节"。六一儿童节有包子吃呀，好多山里孩子，许多小学生是生平第一次吃包子啊！

　　她真的好爱好爱这些山里的孩子，她真想一个又一个喂着他们一口一口吃完。

　　什么麦当劳，什么肯德基，山里孩子没有听过，他们只听过包子。他们的要求是明年六一儿童节再吃一次包子。

　　山里孩子读书的钱都是父母从牙缝里省出来的。

不是每个山里孩子都懂得自己的苦，懂得要刻苦学习。

一样有逃学，一样有舞弊。尽管很少。

正因为支月英了解这帮孩子，所以她对待舞弊逃学的孩子是另一种态度，另一种思维与处置方法。

期中考试，有三个学生舞弊。

她把这三个孩子留下来，孩子紧张了。过去的做法是罚站，罚做作业，甚至罚过做50道、100道题目。

不知这个支老师怎么罚，一个孩子吓得就差尿裤子了。

支老师没罚。她问："你们哪里不懂？不懂才会偷看，你们肯定知道偷看是错的。是错的，为什么还要做呢，一定是不懂。这样吧，我帮你们补习。你们说，哪个章节，哪道题目不懂？"孩子们没想到，支老师为他们倒水，留他们一起吃饭。天黑了，不能回家，支老师托人带信给他们父母，留他们在学校里住宿。

饭吃饱了，补习完了，支老师才开始与孩子谈话："你们说，偷看对不对？偷看是不诚实的，诚实是做人的最基本要求。偷看的结果，是你的成绩是假的，你的知识也是假的，我们读书获得知识是为了自己，为了将来工作，对吗？小偷可以偷走你家财产，但永远偷不了你脑子里的知识，有知识的人才是最强大的人。"当年偷看舞弊的孩子如今都长大了，想起那晚补课的事，他们还感慨不已。那时年纪小，总以为是在为妈妈读书，为老师读书，成绩好了，是老师的光荣。

尽管知识能改变命运，但"读书无用"论在农村还有较大影响。

支月英用成长、成才的事实告诉了山里的孩子们：掌握了知识，才能走出大山；即使留在大山，也会生活得更好。

李士行结婚了，自家要盖房子。李士行才明白知识是自己的道理。

盖房子打地基时，李士行特地请支老师来。不是来吃奠基酒，

而是他认为土方测量出了问题。他当年数学没学好,担心受蒙骗,特地请支老师帮忙算算。支老师拉线测量数据,只用心算,就发现他向泥工多支付了千余元工钱。支老师严肃对泥工说:"你这可不对,欺诈老实巴交的农民不应该。请你再测量一次,我可以找人再复核。"支老师又对这位学生说,"没有文化要吃大亏吧?赶快把女儿送来读书。"他激动地只说出了五个字:"支老师,真好!"

真好的支老师对学生好,也对同事好。

每位新来的老师来时都在她房间里吃过开工饭,走前都在她房里用过送行餐。她说:"留下的是需要,是有留下条件;走的人自由,有走的道理与理由。不应指责批评,每个人都有自己的选择。来,她欢迎;走,她欢送。"

她与每位老师都能友好相处,她知道有位代课老师有痛经的毛病,送去乌鸡白凤丸,送去红糖水。有一次痛得直不起腰,支月英要她休息,自己上讲台代课。

她对村民一样好。

村民有个头痛脑热,找她或不找她,她知道了,都会用自己的摩托车送村民上卫生所,或去观下,或去澡下。她觉得这是应该的,自己有车嘛,给人方便!

她走到哪里,就把爱带到那里。要让世界充满爱,她没有这样说,但一直在这样做。

一位记者的文字是这样记录的:先是支月英的学生,后是她的同事廖作英的讲述。她(支月英)把学校当成了自己的家。在墙上糊层厚水泥制成黑板,在窗上贴块塑料膜抵挡寒风,与师生们把从沟谷捡来的石头搭成乒乓球台,砍根毛竹当篮球架,电路出故障了,她来检修,引水竹筒堵塞了,她去清理,给食堂砍柴、种菜。她如燕子衔泥般,想尽一切办法,为山区孩子创造学习条件。

廖作清回忆说："从吃住到教书，支老师不仅是我的老师，还是我的大姐，我的亲人。

"中午吃饭，支老师家就是我们夫妇的食堂，我和老涂（涂光明）常去她家，碗里是自己带来的饭，桌上是她炒的新鲜菜。凡是进屋的人都吃得津津有味，从没有两家人的感觉。我们都不是师范毕业，上课她是一课课教我们，有时甚至一句一句教。真可以这样说，读书时，是我的老师，工作了，还是我们的指导老师。她为了不让一个适龄儿童失学，一双脚走遍了泥洋村家家户户，尤其是家中有女孩子的，那真是苦口婆心，挨家挨户一个都不能少地去做家访工作。我知道，最初她每月工资28元，她都省下来为贫穷孩子交杂费，或给孩子买书。为了贴补家中日常费用，她几乎每个暑假都去当搬运工，去扛毛竹，挣点钱补贴家用……说起来，都让人掉泪……有时，我们旁观者都想不通，她吃这么多苦到底是为什么。"

谁能解释与理解这段话呢？

21

随着体制改革的深入，林场与学校分开了，林场场长换了几任，支月英恐怕要扳起手指头来算了。现在办事，找林场没用了，要找澡下乡政府、澡下中学。

学校只有四个年级，她一位老师，上学期她还承担了语文、数学、体育、音乐、美术全部课程。她给一年级讲课时，二、三年级学生自学，不能离开教室。她给五年级讲课时，低年级学生自己看书。几个年级在一个教室里由一位老师上课的方式，其实在中国农村，在山区，这类学校，这样的教学方式并不罕见。一个教学点，一间教室，一位老师，十几个或七八个学生在下面翻阅不同的课本，不同年级学生的教学任务全由一位老师完成。老师教，学生学，全靠两个字：自觉。

一年又一年过去了,这一年,泥洋学校已改为泥洋教学点,只有三个学生,两男一女,二年级、三年级、四年级学生各一个。早上照例要举行升旗仪式,三个学生一个老师,四个人也要举行。

暑假期间,旗杆被风刮断了,支月英就赶紧找了一个木工把旗杆接好,用铁丝绑牢固,她摇摇,很牢,放心了。开学这天早上,一样放国歌,一样喊升旗,周边的农民,林场工人,一样看观,气氛一样庄重,一样严肃。三个孩子在国歌声中仰望国旗在蓝天下徐徐升起,她想说几句话,但一句都说不出,目光穿过泪珠,看见国旗在风中高高飘扬。

从1981年的8月开始,她到泥洋已经是30年了。她见证了泥洋小学的繁荣,也见证了改革开放后农民生活的提高,山里孩子读书的艰难,农民对自己孩子的期待与希望。从一个完全小学与两个教学点,到只剩下一个教学点,从学生120余人,到今天只剩下3名学生,她心里陡生沧桑。在白洋教学点还有学生,但已没有老师,那里的家长几次找到澡下乡政府管教育的领导,希望派老师去。

谁去呢?那个点比泥洋海拔还要高,还要远,还要偏僻,还要穷,距这儿20里。

谁愿意去呢?

没有谁回答。

家长们来到泥洋,找到了支老师。

这年,支老师50岁,离退休还有五年。

这年,领导已通知她回澡下学校上班。

这年,她人生又迎来了一个转折。

这年,她家又发生了一次"地震"。

---

*本章歌词引自歌曲《让世界充满爱》(陈哲、刘小林、王健等作词),《跟着感觉走》(陈家丽作词)。

我想有个家

想要有个家，
一个不需要华丽的地方，
在我疲倦的时候，
我会想到它。

22

　　老蔡在澡下生活过，也在观下生活过，当然知道泥洋生活的艰苦。泥洋冬天的温度要比澡下低3℃到4℃，结的冰要厚1厘米。至今没有通长途班车，没有公共交通，就没有人流物流，没有商店。学校对面的小卖部其实是代购店，山里人要什么进什么，店里根本没有库存。再说，他还是一个"待业"青年，尽管支月英是代教的职业，那个"代"总比这个"待"好听，而且是"老师"。他是吃了秤砣铁了心，决不会上去。

　　他想，只要他坚持不上去，她就有下山的那一天。唉，澡下乡山村有好多教学点，老师当时希望就近分配，为什么偏偏是她分到泥洋呢？等吧！熬吧！看谁熬过谁？

不能责怪支月英不下山。她当然想过下山,下过决心要下山,看到人家夫妻手牵手,她不羡慕?说不羡慕是假,说没有机会,那是真。

支月英也想过,为什么偏偏选中我?再想想,不管是谁,这儿总要有几位老师,总要有人来教书,对吧?她又想通了,又安心了。她耐心地等,等老蔡上山。

开学后,她连下山看一看老蔡的时间都没有了。那时没有双休日,周六下午还有课,等到同学们都离校时,天近黑了,观下已没有班车,走到观下也去不了澡下!第二天看看有没有便车到观下,赶坐上午的班车到澡下,在澡下只能待几个小时,下午就得坐5点钟的班车返回观下,再步行到泥洋,周一上午她有课。从泥洋到澡下是60里山路啊!来来去去是这样的艰难!

没有双休日的年代,一月也难有一次相聚。

这样的旅程,这样的车,周末不回也罢。支月英不下山,老蔡也懒得上山,两个人就这样处在聚少离多、两地相思状态。两个人相隔,如王母娘娘画的一道银河,只有在节假日两天以上,支月英才能下一次山。每次到县城教育局或澡下开会,别说落屋,就连到家门口打个招呼的时间都没有。那时,因为没有自己的房,只放了一张床,用布帘分隔成"卧室"。支月英也就没有山下有家的概念。

家在山上?在那间办公室即是卧室的房子里?也没有这个概念,这小小的房间像家吗?家不在山上不在山下,在哪里呢?年纪轻,也就不想了。后来会唱一首歌,唱着,唱着,还真想有个家了。

  谁不会想要家,
  可是就有人没有它,
  脸上流着眼泪,
  只能自己轻轻擦……

不管怎么说，她知道自己怀孕了，开始恶心呕吐了。

这就是需要家的集结号，要不要告诉他？如何告诉他？近在咫尺，却又远在天涯。

托人带个口信？不好，会传来传去。写信寄出去？寄哪儿？说是在澡下，澡下没有给他发工资的单位。他要外出打工。凭专业，不好找工作。林场老工人有门手艺，找白蚁窝，挖白蚁洞，秘方捕白蚁。这两年，他跟着学，跟着跑，还真没个定数，没个准数。

什么"人约黄昏后"，那是诗。真正的生活，没有诗，怎么约？

工作忙，还真没去胡思乱想。现在，怀孕了，还真会想到他。前两年，他会给她做吃的，酸、甜、苦、辣样样拿手。这不，坐在这里，就想吃两口泡菜，小卖部没有。过几个小时想吃一碗辣椒炒腊肉，没有他做得好吃，自己冲的鸡蛋，好腥，自己做的菜，苦瓜更苦，甜瓜不甜。唉，什么菜到嘴里都如白开水一样。

一天，一位拖拉机手来学校找她。

"你是支老师？"

"是的，有事吗？"

"这是蔡师傅托我送给你的。"

"什么？"

"不知道，只告诉我是吃的，不能弄脏，弄翻。你检查一下吧。包得挺严实的，我就放在驾驶室。"

"不用。你辛苦了！"支月英说。当别人面拆开看是不礼貌的。回到房间，她匆匆打开，细看，是用塑料袋捆绑扎实的两个塑料碗。一定是菜，是菜！她没有急于打开，闻闻，是菜，挺香的。用剪刀剪开细绳，松绑，揭盖。果然，一碗榨菜炒肉丝，一碗酸泡萝卜与腌菜。这家伙，亏他还记得我！她笑了。

呵，这餐饭要多吃一碗!

这家伙，难怪同学们都说他是有心人。没错!

一切埋怨，都在这两碗菜里烟消云散。

干挖白蚁洞、捕白蚁这活儿，很少在县城，一般都在外县、城市，有时到沿海地区。

那阵子，支月英还担心联系不上。看来，他知道她怀孕了，没走远，他心里有底。

果然，有次下山开会，她到澡下拿衣服。久别的夫妇相遇了。她肚子也隆起来了，他高兴。真别扭，见面的第一句话，是匆匆地问他："你上去吗?"

他摇摇头，反问："你下来吗?"

她也没正面回答，还是问："你上山吗?"

"你养我?"

山上有什么可做的?有什么临时工?老蔡真想顶她几句，想想，还是无语的好。上去做什么?谁安排?谁发工资?你自己都还是"代"的，说走就走，做人，还是实在一点吧!两地分居，养活自己。那个年代中国人还没有买房的梦，主要是靠单位分一间福利房。临时职工，哪会有分福利房的机会啊，做梦吧!

下来?她也不情愿。住的是哥哥嫂子家的房子，哥哥嫂子的孩子长大，要成家立业。两个人白吃白喝，还白住房，行吗?

各有理由，盖被与垫被无法搬在一起，就这样熬吧!两情若是久长时，又岂在朝朝暮暮?

没有缠绵的话语，没有深情的一吻，没有拥抱，没有握别。他不会心软，她也不会嘴软，各人都将爱深藏在各自的心里。够了，就此一转身，上山了，下山了，再见待何月?

老蔡终究是有心人。他的确没走远，就在县城里，钱少赚点，不能在身边守着老婆，隔山守着也是情分！他就知道支月英要下山的时间点，下山要办的是什么事。每次都那么巧。那次开学，支月英下山领课本，就遇到了老蔡。老蔡帮她搬书，从县城坐班车到观下。老蔡不乘车返回澡下，望着书，问："有便车上山吗？"

"没。"支月英说。

"走吧，我背。"老蔡挑起一捆捆书，向山上走去。支月英跟在身后。

"没想过上山？"支月英问。

"没。"

"林场里还是有临时工的。"支月英说。

"嗯。"

"你不愿做？"

"不想。"他说。

到学校，放下书，喝了一口水，老蔡就这样硬气地说："我下山了。"

"不歇一晚？"支月英问。

"不。"

支月英也生气了，说："那，你好走。"

老蔡不回头地走了。

支月英是不爱生气的人。望着老蔡远去的背影，还真生气了。这家伙只有铁骨，没有一丝柔情。

夜深人静时，她躺在床上，抬起手，看看手上的手表，又笑了，这家伙其实还是有点柔情的。

有次见面，她不经意地说："过去总以为大家戴表是显摆，有时，戴表真是工作的需要，当老师吧，手腕上没有一块表，上课不是拖堂，就是讲快了，让学生坐飞机。过了一个月，老蔡就送来了一块表，

是江西生产的，庐山牌，据说内部价每块只要10块钱。"这，支月英不管。反正，他想到了，做到了。她戴在手上，也显摆显摆，我家老蔡送给我的。

往下的发展又让她生气。这块表戴了有那么久。有次见面的日子，老蔡说："你这表让我也戴戴。"支月英当然愿意，果断地把表交给了他。哪知，他没有脱下来，带走了，再也没有给她了。一问，才知，给弟弟了。因为，据说，弟弟比她还急需手表。

"哎呀，你要你就直说，我支月英是那样的人吗？"支月英这次真的有点生气了。不过，她能很快为自己解开思想疙瘩，血浓于水呗。爱弟弟，这是理所当然的事，一表两用，已经是够有节约的意识了。何况，自己已是"老"老师了。45分钟的讲课时间完全能做到心中有数。

这事，也就不记在心里了。

何况，何况几次一起搬教材，几次送菜上山，还有几次得知山里要下大雪，他赶上山为两个孩子送棉絮，怕冷坏了两个宝贝女儿。

铁骨啊！就是赌气，死活不在山上睡一夜，仿佛这不是他的家，支月英不是他老婆！

支月英就要争这口气，她就守在这山上，看他上不上来。

第一个孩子马上要来到人间了，看你下一步怎么办？

大家开玩笑地说："支老师，你生孩子的时间是不是计算好了，安排在假期里，不耽误孩子们学习？"

回到山上，肚子一天比一天大。同学们知道支老师要做妈妈了，都关心地问长问短。

每次上课，孩子们会给她端来椅子："老师，你坐着讲。"

会为她倒上热水："老师，你停停，喝口水吧！嘴巴干了。"

"老师，你什么时候下山？"

"老师,你什么时候生宝宝呀?"

"老师不停课,不下山。老师说了,要陪着你们。"支月英说。

"老师要休产假,要做妈妈了。"家长们来也问长问短,都带来好吃的,一家一点点,支月英真不知该品尝谁家的。

那天是端午节,每个家长都送来了粽子。她吃不完,不吃嘛,是浪费;还亏待了家长们的一片好心。吃吧,一日三餐,餐餐当饭吃,她哪吃得下去,吃多了也发腻啊!

没有冰箱,找一竿长竹,吊在窗口,每天山风吹着,不会有虫咬,也不长虫子。中午蒸过一次,晚上请同学们吃夜宵。

她躺在床上,望着窗口这一排排粽子,双手抚摸着肚子,脑子里在想,在心里对孩子说:"孩子,妈嫁给了大山,你就是大山的孩子。这么多人爱你,关心你,你不会寂寞,不会孤单。你闻到这粽叶的香味了吗?这里没有家乡的龙舟比赛,没有震天响的鞭炮。但这儿有桃花映红的山溪水,有五颜六色的菱角包,有香气薰人的艾叶,有红红的彩蛋。"

这儿与妈妈的老家一样热闹,与外婆家一样有情啊!山里人对艾叶特别有情,新生小孩要用艾叶浸泡的水洗澡,说是能防百病,大人洗了能除湿止痒,门口挂艾叶能除邪防虫。

端午节到了,各家门口一定要挂艾叶的。孩子出生后,一定要洗艾水澡。"山里的奶奶、大妈一定会帮你洗,大哥哥大姐姐也一定会围着你唱歌呀、跳舞呀,好热闹哟。现在大哥哥大姐姐们天天陪伴着妈妈。妈妈教他们读书,学算数,教他们唱歌、跳舞、打球。你来到这个世界上,他们都是你的朋友,和你一起长大⋯⋯这儿山绿水清空气好,这儿人好。孩子,还有几个月,你就躺在妈妈的怀抱,妈妈给你唱歌,妈妈抱你睡觉⋯⋯"

儿童节总是步端午节之后快乐而至。那时端午还没有假,为了

尊重民俗，学校会为孩子们放一天假，让孩子享受过节的快乐。参加六一儿童节演出的孩子会留校排练。童声合唱《红星歌》是保留节目，今年要加一个表演唱，也是电影《闪闪的红星》的插曲《映山红》，女孩子都会唱了：

  夜半三更哟盼天明，寒冬腊月哟盼春风……

  山里孩子很少跳舞，支月英给孩子们编了几个小动作，用自己的红围巾摆几个造型，孩子们立马爱上了这个节目。那造型多好看啊，连大人都要多望几眼，可惜山村学校没有伴奏，没有舞台，只靠支老师伴唱。男孩站着挥手，女孩一手拉开红围巾，一手举起挥动着，红红的小脸，在红色围巾映衬下，好美！表演获得了热烈掌声，孩子们演出后心花怒放，这样的节目多好啊！

  支老师有条不紊地把每项工作一一做好。按时考试，按时放暑假。

  支老师的预产期是8月6号，正是暑假的日子，不影响孩子们学习。她原准备回进贤县生孩子，想想，也不方便，妈妈年纪大了，弟弟妹妹多，妈妈已经够累了，她不愿给妈妈添麻烦。产前三天，她准备好了孩子的衣服和其他用物，好不容易联系到一辆货车到观下，再乘班车到澡下，嫂子也为她做了准备，大家只等听孩子来到人世间报到的那声哭声。

  还没有满月，她就回到学校。她知道，9月1日是开学的日子。又回到学校二楼东头那间窗台上放满鲜花的房间。女儿睡在摇篮里，她靠在床上。望着窗外的阳光，阳光下的绿叶在山风轻拂下摇动着，叶上跳动的水珠在晃动着，闪动着。她习惯了山里的生活，爱上了山里的孩子，心甘情愿为孩子们服务。这次离别让她更加感到对孩子们的牵挂。牵挂孩子们的作业，牵挂孩子们路上是否安全，牵挂孩子们的暑假生活，牵挂他们的笑脸和声音。她明白了，这种牵挂叫思念，是那么沉重与真实。现在躺在这儿真好，阳光、蓝天、绿叶、水珠，孩子们的笑声、歌声和吵闹声。听到这些声音，她心里十分踏实。她对孩子们说，我不会耽误上课，一切按计划进行。她前年接手的那个班已升到五年级了，明年这个时候要到澡下读中学了，不敢也不能懈怠啊！念一年级的小朋友已升到二年级了，时间过得真快呀！自己当妈妈了，身边没有一个人帮把手，一切都靠自己。孩子睡在摇篮里，她去上课，第一次做妈妈没有经验，以为只要下课，回来换尿片就可以了。老人说，你要坐在旁边看着，守着，有小虫会咬她小脸蛋，有时她还会吐奶，有时……一不小心，什么布、片呀、吐出的奶呀会堵住了她的小鼻孔、小嘴巴，那就出大事了。支月英听罢，还真有点后怕，那怎么办？不能停课呀！家长们真好，说："支老师，你放心上课，你把孩子放到我们家来，我家总会有人的，帮你照看。"这是长远之计吗？看着支老师犹豫的样子，一位家长说："支老师，我会像照护自己女儿一样照护你女儿，你女儿叫什么名字？"

"叫娟娟。"

"娟娟是你女儿，也是我们的女儿。"

娟娟真的就是这样长大的。

后来，娟娟长大点，支月英不愿给乡亲添麻烦，就给女儿买了一个站桶，把娟娟放在站桶里站着，一个人待在楼上。一站就是40分钟，下课后，妈妈匆匆上楼来抱她一次，给她的小脚按摩。娟娟学会走路了，她会爬出木桶来。支月英还没想出别的办法，对女儿说："乖乖哦，你就在楼上等妈妈。"这话，娟娟会听懂吗？娟娟好奇，好动，一身充满活力。她也想下楼参加活动，耐不住寂寞，扶着楼梯往下蹿，多少次"一不小心"从楼上滚下来。她总是以为自己的哭声会惊动妈妈，但是第一个跑来的往往不是妈妈，而是学生，或其他老师。

低声抽泣的是妈妈。那时娟娟没有记忆，娟娟只会用哭声表达反抗、需要与对爱的渴望。她只能用哭声告诉妈妈，妈妈知道娟娟哭声的要求。看到娟娟身上的青一块、紫一块，支月英心痛得只能流泪，把孩子紧紧抱在怀里，说："是妈妈不好，是妈妈不好，妈妈不是一个好妈妈。"

她本可以把娟娟带到课堂，但她怕影响同学们上课。现在可好，摔下来，一次又一次，已经第三次了。怎么办？去麻烦学生家长，她也不愿意。只有一个办法了，背着孩子上课了。尽管校长没有批评她，她心里过意不去，女儿一声哭一声叫，怎么办？

女儿还天生是一块听课的料，她立在站桶里，或是坐在椅子上都乖乖地看着妈妈，看着大哥哥大姐姐们，一堂课结束了，她才会张开小手，支月英赶快抱起她，除了按摩小腿外，就是抱到教室外，拉屎拉尿。这样的生活持续了两年，持续到娟娟开始有记忆了。记忆里的妈妈就是在黑板前写字、唱歌，最早的声音记忆就是妈妈的抽泣声，大哥哥、大姐姐们的琅琅读书声，还有她不知道的粉笔灰，悄悄地钻进了她的鼻孔，妈妈给她洗脸时才发现，妈妈还以为是鼻屎呢！

有惊无险的是第一次滚下楼，总算没有摔伤脸，眼睛依旧明亮，脸庞依旧微笑，小嘴唇依旧红红如安琪儿的弓。一位美容医生说，你那唇弓多漂亮呀。她想，我这红唇可是饱经摔打，久经考验的啊！

妹妹翩翩就没有那样幸运啊！妹妹活泼调皮，有次外公来泥洋帮助妈妈做事，翩翩拿下外公的木匠工具，把自己上唇割开了一个缺口，人为造成了"兔唇"（医学称之为唇裂。形同兔子上唇裂开，

俗称兔唇）。那是后话。

最好听的声音应该是妈妈的歌声。妈妈会唱好多歌，唱着唱着歌词都会走样，妈妈会随心所欲地根据自己的心情编写歌词。

娟娟四五岁时吧，那年春节晚会上有一首歌叫《小小的我》。也许那歌词很合妈妈的心意：

> 天地间走来了小小的我，噢，小小的我，不要问我叫什么，噢，叫什么。我是山间一滴水，也有生命的浪波，我是地上一棵小草，也有生命的绿色……

支月英紧紧地抱着娟娟说："我们都是小小的我……"

我们是山间一缕风，也能燃起一团火，我们是地上一朵小花，也有春天的颜色。

童年记忆除了声音、场景外，还有关于吃的色香味。

农村孩子吃的都是绿色食品，青菜、青豆……村里没有人宰猪，哪里有猪肉？娟娟小时候，别说吃肉饼汤、猪肝汤，就是鸡蛋汤也难得见一次。好不容易看到家里鸡多了，大了，有时，支月英会给她做一个蒸鸡蛋，就一个，她一个人吃，吃到一口不剩，直到她舌头还在那美丽的唇弓上下舔舔。

后来，支老师发现，班上很多孩子家里穷，有病不敢去看，笔和纸都舍不得买，有的女孩冬天连袜子都穿不起，着实心痛。支月英把鸡蛋积攒下来，逢集上街去卖。她把那几十块钱视为公益金，留给班里孩子在困难时用。女儿吃蛋的机会少了。

"妈！好几天都没吃蛋了！"女儿提醒。

妈妈也装糊涂，问："是吗？昨天不是吃了一个蛋吗？"

"不是昨天，是大前天。"

"对的。妈向你做过承诺。小时候,妈妈保证你每天吃一个蛋。你大了,每两天吃一个蛋。现在又大了,妈妈决定再省一点。为什么要再省一点呢?还有一些哥哥姐姐家里比我们还要贫穷,我们平时省一点点,积攒起来,就能帮助别人在困难时渡过难关。就像我们在饿的时候,喝一口水,咬一口饼,都会有精神一样。"

女儿似懂非懂。女儿只记得罐子里的蛋,除了自己吃外,就是换钱,或者有时给学生吃。不管怎么说,还是自己吃得多。妈妈是老师,关爱学生是应该的。支月英这时是校长了,肩上的责任更重了。女儿与同学都提问,妈妈先解释的是她的同学。女儿与同学发生矛盾或纠纷,先批评的总是女儿,这是她的习惯,女儿慢慢理解。

不过,有次对同学的关心,给女儿,也给支月英留下了刻骨铭心的记忆。尽管女儿理解,但久久不能原谅。那是雨季,雨越下越大,天色越来越晚,学校寄宿还没有扩大,回家的路一旦被山水浸过,就危险了,一脚踏空就有可能被山洪冲走或滑下悬崖。娟娟似乎是累了,趴在课桌上睡了。支月英叮嘱了一句:"你睡一下吧!妈妈送同学回家。"等支月英把东南西北、山上山下的孩子都送走了,已是晚上八点多钟了。只见女儿面色通红,呼吸急促,全身发抖,支月英慌了手脚,叫谁啊?屋外,大雨滂沱,附近没有村医,这里离观下村卫生院20里地。这时她还没有买摩托车,老蔡也没有上山,她该找谁啊!她想起了离学校最近一家村民有摩托车,没有什么犹豫的了,抱着女儿就往他家跑。老乡愿意帮她开车,她说:"我自己来开。"雨中飞车,她的车技就是这样练出来的。来到观下卫生院,接诊的是名老村医,给娟娟测了体温,量了血压,听了心肺后,医生才开口指责,"你这位年轻的妈妈太大意了,高热抽筋,时间过长,会出现休克的。在我们这儿抢救就困难了,等你再往澡下送,恐怕时间不等人了!你要尽到妈妈的责任哪!"

支月英没有解释,只有流泪,流泪。她含泪看着医生的脸,希望听到他说,没事,没事,你安心。医生一直没开口,给孩子打吊针,又在屁股上打了一针。医生说,这是肌肉注射,降热。额上腋下还加了冷毛巾。

支月英紧张得心都要跳出来了,孩子真要有个什么三长两短,该如何是好啊?

手心在出汗,额头也在冒汗,这不是热出的汗,这是她紧张焦急的汗。医生又给娟娟测了体温,又量了血压,又听了心肺,才说,"放心吧!体温再不往上升就没大事。"

老村医说:"孩子这病中医叫'封喉',西医叫喉头水肿,会出现呼吸困难,扁桃体肿大,有脓。我这儿也没法做气管切开。"

有车真好,支月英想。一定要买车,再穷也要买。买车就这样逼出来了。

天亮时分,看女儿病情稳定,又记挂起泥洋的学生。医生说:"你女儿至少要打三到五天的吊针。"支月英想守着女儿,但不能一天到晚守在这里,她只能找"哥们"刘清辉帮忙照顾娟娟。

从那以后,女儿与妈妈之间就多了一道墙,多了一层隔阂。这墙没有变薄,这隔阂没有拆除,还随着孩子年龄的增大而加厚了,如果说年龄小时,女儿还只是对妈妈不理睬,女儿进入青春期,这隔阂的栅栏,则更加坚固,母女关系更加紧张,甚至反抗了。

初三那年,娟娟要中考了。在中国,中考是少年进入青春的一个心理与学历的转折期。在城市,父母几乎都会陪伴子女度过那段紧张的日子。有的母亲还休假,甚至不要工资,就为了子女相伴。

妈妈说:"娟娟,妈妈实在抽不出时间。"

女儿说:"陪一天。只陪一天,好吗?妈妈!"

女儿不知道,这几天是妈妈最繁忙的日子,最痛苦、压力最大

的时候。20世纪90年代开始,学生开始减少,老师减员,每学期都换班主任,换老师,甚至一个学期换三次。一位新老师教半年甚至三个月,就不辞而别。何况山里孩子也在考试,小学三年级升四年级,要集中到泥洋考场,五年级考初中要集中到澡下考场。每场考试她都要在场。考初中,她要一个个辅导,她心里就有这么一股倔劲,泥洋的学生不应该差,走出去就应该是高水平的,不能让人笑话,让人小瞧了。他们一样可以考上高中,考上大学,考上研究生。她要为每个学生打牢基础,打牢好最底层的基础。

女儿气得质问:"明明我才是你的亲生女儿,为什么同学生病,你百般呵护?为什么中考期间,人家父母陪伴,你就没时间陪伴?"

支月英还是耐心地说:"娟,你是我的宝贝女儿,泥洋的学生也是我应该关爱的孩子呀,他们是几十个人,你是一个人。他们也要考试。你有班主任,有集体,伯父伯母也在澡下……"

没待支月英说完,女儿多年来的积怨爆发了:"你自己想想吧!究竟谁是你的孩子?在这关键的时刻,你却不愿伸出手,都不愿抽出一点时间陪我,你到底是不是我亲妈?我是不是你的亲生女儿?好了,我们之间的关系到此结束!我的事以后你不用管!你从来没有关心过我!我也不用你关心。我是个没有童年、没有妈妈的孩子!"

在母女争吵时,父亲劝女儿,说:"那次你重病,你妈不是一般的焦急,你真的有什么好歹,你妈也活不了。你长这么大,你妈操碎了心。"

"都说得好听,外婆来我们这里,只住几天就走了,你是个好女儿吗?外婆病重,全家都到了,只有你还在几百里外的深山上。你回过几次家看外公外婆?都是我陪爸去的。你长期在山上,我想问问你这个妈妈,你到底想没想这个家?还有没有这个家?"

爸爸的话还没讲完,让女儿顶回来了。爸爸本不善语,只能说:

"娟娟，你要理解妈妈，要理解呵！"

爸爸的话无法抚平女儿情绪，不能解开女儿的心结，一切只有交给时间。

23

时间是公正的，诗人这样说。

时间真的公正吗？

如果说，时间是一条河，人生就是河上的舟，掌舵的是谁呢？

诗人说，掌舵的是自己的心灵；哲学家说掌舵的是思想。

时间的河流波浪起伏，一路向前，思想的波浪也一样起伏。一页一页的日历，像山后的树叶那样，一片一片飘落，日子不会返回，但树叶可以再生，时光不能倒流，但思维可以倒溯。支月英在学校里，经常会反思，在自己的房间里每天每月在寻找家的感觉，如果在家乡进贤，如果守在澡下，如果考大专……如果……会找到自己的家吗？世上没有如果！

现实是一个女孩诞生了，起名叫娟娟。时间终于让她有了家的感觉，娟娟与大哥哥大姐姐们一起上课、读书、做作业。这时，有家的感觉吗？总感到这家还缺了点什么。

有房子，有锅碗瓢盆，有床、桌子，也有孩子，还缺一个他。他什么时候上山呢？他真的永远不上山，就让她们母女俩这样一天又一天、一月又一月地过下去吗？娟娟7岁那年，支月英又成了"大腹便便"的女汉子了，娟娟高兴地告诉同学，自己要做姐姐了。

同学们也高兴，校园里又会多一个小朋友，是妹妹，还是弟弟呀？同学们问娟娟，娟娟回答："不知道。真不知道。是男是女，都是妈妈的孩子，都是妈妈的爱。"支月英也没去想那么多，她担心的是影响孩子们上课。这时间没算好，5月出生，季节是好季节，

不冷也不热；日子是好日子，离吃粽子的日子不远，过了劳动节是儿童节。5月10日，日子是热闹的，欢乐的。

这次，先与老蔡商量好了，还是到澡下，还是在哥哥家，还是去澡下卫生院生。用现在的话说，计划没有变化快。真到生孩子的那天，她在澡下家等，等啊！不见老蔡回来，她不知道，他去县城了，去为朋友"仗义"行事了。已是漆黑的夜晚了，就不知老婆要生孩子？这天，正巧哥哥嫂子因公事也离开了澡下。这真是破屋又逢连夜雨。

她想到老蔡的表哥，也是一位为朋友仗义的角儿。这夜晚去找谁呀，只有找他了。在阵痛开始的那刻，她迈出了家门，摸黑走到表哥家，几乎是泣不成声地说："表哥表嫂，深更半夜给你们添麻烦了。"

表哥表嫂一看，大叫："哇，你是真胆大，要生了。快，快躺下，我去叫接生员。"

好在接生员离家不远，背着急诊箱就跑来。这时，羊水出来了，孩子已露头了。"哇"的一声，孩子见天日了。

接生员托起婴儿屁股高兴地说："母女平安，是个妹子。"她又想起奶奶那句话：妹子一样的好，我就是妹子长大的！她歉意地说了句："谢谢表哥表嫂，给你们添麻烦了。你们真好！"

表嫂说："一家人不说谢的事。我家那个老弟不知帮助了多少人，你看他要了一个谢字么。这么晚没回，一定又是热心肠，帮别人解难了。有时候，人倒霉，想寻死时，有一个朋友托一下，问一下，心里就暖和，就能起死回生。听说，有个朋友夫妻干仗，要寻死。我这个表弟几句话就把人拉回了。"说着，表嫂送来了一碗红糖水，一口一口地喂她。她躺在床上，想了想，不知是红糖水，还是嫂子话的作用。这糖水，还真让她心里着实暖了一把，有温度。虽然已是初夏，她却感到是严冬的烘笼，那糖水沆到胃里，全身都舒坦。

是啊，今夜如果没有表哥表嫂，这深更半夜的她找谁呀，没有车，摸不清路，没有亲人，想喝一口水都难，别说红糖水，也许，也许，唉……难道这个老蔡真的是做暖人心的事去了？这家伙，就不知道暖暖老婆的心呢？

表嫂又说："过去说，'好事不出门，坏事传千里'。如今好事也传千里，我们澡下乡，村场都知道，泥洋来了位好老师，快八九年了，是盘古开天地都没有的事，场里人都说你这个支校长好，真是个好人！"

"你不上我家来，我想去帮忙，还轮不到我哩。"

"人哪，平时要积善积德，像你，在泥洋做了那么多好事，全场全乡都知道你名字，谁不伸出拇指夸你好啊！积善积德的人有福有寿啊！"

说得支月英真不好意思。

天亮时分，老蔡才回来。他抱起了孩子旋转了一圈，高兴地说："翩翩起舞，就叫翩翩吧，蔡翩翩，挺好听的。"

一周后，支月英回到了澡下哥哥家，满月就回到泥洋学校家中，家中有两个孩子，该有家的感觉了吧！这时，分场住房调整，她的住房扩为学生寝室，分场部把右侧的一幢平房划为宿舍，分了一间给她，门前是一块平地，不用担心翩翩从楼上摔下来了。这老式的长条房子，俗称筒子间，隔成两间给支月英一家居住。开门是孩子的卧室，隔一层板，糊张纸，是她的卧室。

偏偏这个翩翩比娟娟更好动。每个人有每个人的故事，娟娟的故事还在继续，翩翩的故事已经开始。

看到女儿已是两个孩子的妈妈，支月英的父母从进贤来学校看望两个外甥女和女儿了。爸爸是木匠，带来了全套的木工工具，准备为女儿打几套家具，他知道女儿这儿不缺木材。支月英为父亲借

了小房一角做工作间。有一天,翩翩调皮,来到工作间。翩翩觉得好好玩!外公用刨子,刨子上会冒出一卷卷的白色刨花,真好看;外公用锯子,锯齿下像飘雪花一样洒下点点木屑。外公真行,一根根的木头,在他手中,锯呀、刨呀、钻呀,就成了小板凳、书桌、椅子。外公回宿舍做饭去了,她好奇,在外公的工具箱里翻腾。她找来找去,看中了一把铲子,铲刀很轻,很直,很锐利。可能外公就担心孩子偷玩工具,特地把这把锐利的铲刀放在高处,翩翩端来刚做的小板凳,踮起脚尖,举手取刀,这铲刀也不听话,直落了下来,刀锋划过鼻孔下的上红唇,顿时红唇全层裂开,唇动脉断裂,鲜血涌出,痛得撕心裂肺,她不禁大哭:"妈妈,救命!"

　　血还在往外涌。小翩翩已无力哭泣了,吓得发抖,支月英抱着她骑摩托就往山下跑。

　　观下卫生所医生说:"要缝合止血,我可以帮你细心缝针,先止住血,但是这唇部分红唇与白唇是美容的医师的事,我们做不准,以后你大了,再找美容医师整整吧!今天先治疗,救命要紧。"

　　缝了针,又打了针,翩翩才安静下来。医生说准了,这红唇还真没对准,错位了。她与刘强同班,调皮的刘强看到翩翩上唇也有点不齐,笑了说:"我们俩一样耶。"原来刘强患的是先天性红唇裂。

　　支月英对这个颌面有点先天性小缺陷的刘强,在心理上倍加尊重爱护。刘强和翩翩成了好朋友,一同携手长大。考初中,读高中,后来,刘强大了,江西开展"微笑运动"的手术,经过医生的巧手,刘强成了帅哥。回想当年,真是感谢他们的"支妈妈"。

　　孩子在长大,支妈妈在变老。水往下流,妈妈知道翩翩喜欢吃糕点,便带着她到县城购买新鲜糕点,翩翩第一次进县城,走进大商店,第一次看到这样大的商店,惊呆了,连说:"好大,好大啊!"商店里的物品好多好多啊!她都想买,衣服、糕点、玩具,那些布娃娃，真好看。妈妈只给她买了糕点，就早早走出商店，太晚了赶不上班车，赶不回观下，天黑前就走不到泥洋啊！

她小，她不懂事，她反抗，坚决要求购物。妈妈说服了她。她退一步要求多玩玩，妈妈没有同意，她走到商店门口，唰，突然躺在地上打滚，表达不满。

妈妈已有过这样的经历，见过这样的"突发"场面，但对象是娟娟。娟娟小时候也有过这样不满的表现。山里购物实在不便，或到县城，或到澡下。每次购物都需要整整一天，赶不上回去的车，又找不到便车，就只能背着娟娟回泥洋。后来，娟娟大了，妈妈采购物品多一点，不能背了，要娟娟自己走。高兴时，娟娟不反对，一路走一路唱，很是开心；饿了，累了，孩子会走吗？撒娇呵，要不往地上躺，要不往山下跑。这两招妈妈都怕，哄哄、抱抱、骂骂，教育几句，孩子也听话，跟着妈妈继续往山上走。但也有意外的时候。有一次，娟娟扭头往山下跑，但方向跑偏了，一脚踏空，摔倒在路边荆棘丛里。那荆棘长满小刺，妈妈担心女儿被刺伤，小心翼翼地把娟娟拉上来，小心翼翼地检查娟娟是否被刺伤。支月英记得，由于妈妈帮助学校里的弟弟妹妹拔过小刺，女儿嫉妒，心里酸酸地说："妈妈只喜欢同学，不要娟娟。"是的，如果这次摔倒的是学生，也许支月英还真的背在肩上了，再累她也会背。是自己的女儿呵！女儿这样埋怨与不理解，也不是没有道理。但是，今天，女儿生气了。这时，天色已暗，山风渐起，支月英已感到十分疲倦，为学校里购置的教学用品、为家中购置的日用品都背在肩上。累，疲倦，心情就像天边飘来的乌云一样，又灰暗又凌乱，她忍不住举起手，厉声地说："你这孩子，怎么这么不听话，看你下次还敢乱跑吗？再乱跑，我要拿树条抽！"娟娟号啕大哭，看着女儿哭，支月英心痛、内疚。谁不爱自己的孩子，自己小时候也对妈妈顶嘴，妈妈一样爱她。今

天娟娟顶嘴,她举起了手,她是老师,她应该比妈妈更有修养,她本想再去牵住娟娟的手,再去看看有没有荆棘短刺扎进了衣服或皮肤。望着娟娟那倔强的脸,那充满怨恨的目光,她心情十分矛盾。这山路,这黄昏落日,这母女争论时节,需要一个人退一步,让孩子退一步,不可能,自己退一步,怎么退啊?她还是走上前,牵住了娟娟的手说:"摔伤了吗?摔伤了,妈妈背;没有摔伤,娟娟自己走。你看,妈妈手上、肩上、背上都是物品,要不,妈妈背你,你背物品。"

倔强的娟娟说:"我走!我自己走!"

娟娟在长大。

今天,在商店,就算翩翩这一躺,她再也不会骂自己的女儿。后来,家里人说,她溺爱小女儿。其实,每个人都在成长,能和颜悦色地解决问题,为什么还需要打骂呢?她蹲下,牵起翩翩的手说:"翩翩,这样吧!下次,我们早点下山,在这儿多待一下,或是暑假,我们住在澡下,妈妈陪你,不光陪你去商店,还去餐厅,去你想去的地方,去参观好多好多的地方。妈妈答应你,妈妈一定做到。来,妈妈抱翩翩起来,我们要赶车,到观下,我还要背翩翩上山,回泥洋呢!"

支月英的所谓"溺爱"只不过理解孩子,讲道理更多了,但在物质上从来没有一点优越。这一袋蛋糕带回泥洋,支月英放进食品柜的高层,不让翩翩拿着,计划每天给她吃一块。翩翩可不是这样想,她想饱食一顿,她像杂技演员一样,大板凳上放小板凳,爬上去,搬下了那盒蛋糕,她担心妈妈回来后会发现,就端着盒子,出门躲在后山的竹林里,一个人慢慢咀嚼,慢慢品尝。嘿,这蛋糕真香,真好吃。妈妈回家一看,大小板凳叠放,知道不好了,蛋糕被"窃",一定是躲到竹林去了。她大步流星钻进林子。果然,只见翩翩抱着盒子,满嘴是蛋糕。那情景,多么像一只可爱的熊猫宝宝啊!真是又可爱,又可气。她大叫一声:"翩翩,你又做错事了。姐姐都没吃,你就全部吃光了？"

翩翩听到声音，看到妈妈的身影，抱起饼干盒子往山上跑，像躲猫猫一样乱钻。

"翩翩，你不要跑了，妈妈也不追了。你回来，留几块给姐姐。如果好吃，妈妈下次再买，一次吃多了，对身体不好，肚子会痛的。好吃，妈妈一定买，回来，回来！"

翩翩长大后，回忆自己的童年说，山里生活是贫穷的，妈妈总是以最穷的孩子为我们的生活标准。二年级时，妈妈带我第一次进县城，我特别想买一件衣服，妈妈不肯买，我是一路哭回家的。山里没有玩具，根本没有见过城镇的玩具，我们从小玩的是沙包，是跳橡皮筋、踢毽子、滚铁环、猜字。如果校门口来了一辆汽车，学生都会去围观，摸一摸车身，按一按喇叭，看一看反光镜，看见镜子里自己变形了，会大笑起来，大家争着去看去照。叫着，快来看，照妖镜啊，看看谁现原形，这是最大的乐趣。

没有电影，没有电视，在我记忆里就看过一部香港电影，在打谷场上，银幕绑在树上。冬天，经常点蜡烛，没有电，结冰，电线会断，学校放假了，电工也懒得维修。

有一次，蜡烛倒了，点燃了被子，幸好迅速扑灭，被子烧了一个大窟窿。人没有烧伤是万幸。我小时候就是想不通，城里这么好，晚上有电灯，夏天有空调，冬天有暖气，有那么好的商店，有那么好走的路，可妈妈就是不下山，山里就那样好吗？

刘强是我的好朋友，真正是"发小"，两小无猜，一起长大。刘强对我只说了一句话：没有支老师，就没有我们泥洋山里孩子的今天。我当时还真没理解这句话的意思。

不敢说支月英有多么崇高。她想，总有一天，有一位老师会走进山里，那时，我再走不迟。蔡同学不希望她上山，两个女儿希望

她尽快下山，进贤的父母一直反对她上山，弟弟妹妹们在进贤家里，奔走在小康路上，盖房的盖房，置车的置车。论学历，没有她高；论读书，没有她多；论发财致富，她只能排到最末。

老公问她，你图的是什么？

女儿问她，你这是为了什么？

父母催她，你赶快下山。

妈妈去世前，想看她一眼，留下一句遗言：叫女儿回来。

时间在她的等待与坚守中过去了。主宰她等待与坚守的是她的简单想法：让山里孩子们有书读，读点书。在他们刚刚走进学校的年龄，认识学校，认识老师，认识这个世界的美好。小学毕业到中学，正是迈向青春期的第一步，价值观形成的起点，其他的起点她不清楚，但这个起点，作为小学老师，她太清楚了。

正确的或良好的价值观才是健康人生观的主导，农村孩子一样要长大，要生存，要竞争。有较强的竞争力，就必须具备三要素：一是健康的体魄，二是正确的价值观，三才是生存的知识与本领。

她曾听过省城一位教授讲过这样一个故事。

孩子问他爸："你是教授，你有几个亿？"

爸爸说："我年收入有十几万元。"

孩子说："你不是说读书有用吗？你知道有些明星、网红有多少钱吗？几个亿是小意思，你能给我一个乙吗？你能让我开宝马吗？你能让我住别墅吗？"

夫妇俩都是大学教授，他们的儿子患有严重的心理疾病，医生诊断是价值观偏移症，最后住进了精神病院。

故事归故事，我们的孩子可不能这样，她要用正确的价值观引导他们走向一个美好的人生，尽管贫穷，但在奋斗的路上依然要赢得健康和快乐。

她希望她两个女儿也这样，因为她是这样的。

在这样的日子里，时光向前，时光的波浪终于把老蔡送上了山，那时娟娟 10 岁，翩翩 2 岁，她在泥洋守候 10 年之后，终于有了家的感觉。

有家，真好。

24

这年春节是支月英上山后的第 12 个春节。来时是鸡年，又迎来了鸡年。

是放寒假的日子，已近小年。老蔡充分地表演了他的烹调手艺，支月英也充分地展示了她的歌喉，小小的房间里已容纳不下家的温暖与欢乐。老蔡做出的鸡鸭时鲜的清香与支月英的歌声溢出了窗外，飘向山谷，飘向远方。老蔡在屋前拉上了一根电线，安上了灯泡，迎接金鸡齐鸣，支月英在门口贴上了鲜红的对联：金猴送旧岁，雄鸡迎春到。室内过年的气氛越来越浓，支月英这才找到有家的感觉。有家真好，老公，孩子，笑声，歌声，饭菜的香味，对联的喜气，让人精神振奋。

天空下起了雪，片刻，雪花铺满了屋前的平地，平地外的公路。雪厚了，天色渐暗，突然又显得明亮起来。

白白的雪地有了人影，有了笑声，在向学校这边走来。近了，近了，听到了呼喊声："支老师，支老师，新年好！"呵，是几个学生，还有家长手拎着篮子，篮子里有新鲜的蔬菜。按常理是明天拜年，大年三十，孩子们就来了，似乎是约定了的口气，孩子们说："支老师，爸妈叫我们给你送菜来了。"

"这是粉蒸肉。"

"这是我家种的大白菜。"

"这是我们家池塘养的鱼。"

……………

老蔡呀，老蔡，这些礼是冲着你来的。"老蔡，过来呀，谢谢孩子们！谢谢家长们！"

这些年来，只要她在山上过春节，家长都会送来过年食品或做好请她去吃年饭。开始她还婉拒，后来亲如一家人，她就再也没拒绝了。这次，家长都知道她的老蔡上山了，纷纷表示祝福。

老蔡只知老婆在泥洋人缘好，来了方知岂止是人缘。山里人对支月英的尊重，胜过对场长的尊重，支老师是他们的大姐、大嫂，是孩子的大妈、大姑，是他们心中的好人。当家长和学生围着支月英时，还真有点众星捧月的感觉，他有点自豪，自己老婆真不错，自己没看走眼。不过心里又有点不平衡，堂堂一个男子汉，一家之主，怎么成了一个配角。大家口口声声支校长长，支校长短，没人理会这儿还有一个老蔡。客人来了，老蔡大多数时间待在房里，本来默默少语的他，更加沉默了。其实，他来之前，已有了思想准备。

他是猴年秋天上山的。

泥洋的秋天是美丽的。山里梯田金灿灿，山里野果甜又香。10年了，他知道老婆的艰辛，又教书，又带两个孩子，不容易。山里人对她的尊重和敬佩来自于10年来，她所付出的心血和汗水。尽管每年每次苦力活儿他主动伸过手，跑过腿，帮了忙，那也只是小菜一碟的事。"三十而立"，虽然他什么也没有"立"起来，至少他懂了，不要像年轻时那样赌气、任性，已是两个孩子的爸爸，要尽到做爸爸的责任。

初上林场，担任林场生产队队长，他是个认真的人。领导觉得他的性格担任护林员最好，他办事负责，一丝不苟，领导放心。没多久，他成了护林员。他把护林守则记在心里，背在嘴上，一本本子插在口袋里，遇到不讲理的人，不手软，决不留情，敢批评，还教人学习护林知识。

他的任务很重，全分场只设一个护林员，沿公路走一线是20里地，往两侧延伸近10里地。他没有摩托车，守护这样大的林场全靠一双脚。

一双脚在林子里巡逻，也是一种享受啊，脚下是落叶，头上是绿枝，鸟儿从头上飞过，点点阳光洒落在身上，闪闪烁烁。只要你认得山果，饿了，能找到果子吃；渴了，有山泉喝；累了，他没有停下自己的脚步。巡山全靠自律自觉。自己躲在哪里躺着睡一觉，鬼也不知道，但他不会。

累一点、苦一点他没有意见，让他受不了的是个别不守山规的人对他无理的指责与谩骂。按他的脾气，早该发生"暴力事件"了，但他还是忍住了。

老蔡平常寡言少语，巡山数年，独来独往，偏远的村民并不知道他是支校长的老公。

有一次，他得知有人偷偷伐树的消息，只身赶去。这是很危险的事，有些村民，不知法，不懂法，常常会暴力反抗，护林员挨打受伤也是会发生的事。他不怕，他说，人人都来砍树，还叫什么林场！人人都敢砍树，还要我们护林员做什么？周边有一部分村民，总认为这是国家的树木，砍一棵，偷一点，算不了什么。胆小的护林员只会睁一只眼、闭一只眼；有的偷木贼还会塞点钱给护林员，以求大事化小，小事化了。

老蔡软硬不吃。林场的竹子谁都不能乱砍滥伐。那时，没有手机，只有呼喊与对讲机。巡山是要有胆量的。

他听说有人上泥洋的山上在偷偷伐木，他大步流星奔去。他赶到现场，见是外乡人，好大胆，手起斧落，树受伤了。他们是两个

人,还有斧子。他单身一人,能镇得住吗?会发生"暴力事件"吗?他没有犹豫,大吼一声,"住手!"

两军对峙勇者胜,老蔡,一身正气:"我是分场护林员,你们砍树是错的,是违犯森林法的……"

一个矮个子拉了拉高个子的衣角说,"快走!"

事后,知道了,那个矮个子的孩子是支老师的学生,他见过老蔡。后来,许多矛盾都悄悄地转到支老师这儿来了。

支老师,叫你家老蔡不要这么较真。

支月英无形中成了幕后调解员。

学生带着父母找她说情,要求老蔡放一马,这是不可能的。指责学生的家长?这,支月英很难开口,也是办不到的。这是块夹心饼,难吃,支月英还是想办法独自吃了。

她知道老蔡工作累。顾得了山下,顾不了山上;顾得了山上,顾不了山腰;顾得前,顾不得后。他人在下泥洋,上泥洋有人敢砍,知道他上不来;他跑到上泥洋,下泥洋的村民敢乱来。老蔡有10双腿也转不过身呀,全靠森林警察也不是办法,重要的还是靠加强对各家各户的法制教育,靠林场职工与村民自觉。林场内职工通过法律教育、纪律约束,可以得到控制,约束和防范场外的村民就有一定的难度,全林场靠老蔡一双脚,累吗?当然累。

如果遇到不讲理,有暴力倾向的人,那风险就大了。山路上走着的总是老蔡一个人。饿时,咬两口馒头,渴了,喝一口泉水。老蔡没有那么浪漫,不会去唱歌。最多放慢脚步听听鸟儿叫。

老蔡心中最幸福的事是这村、这林子没人砍伐,没人抽烟,没有人偷木材。森林防火,安全第一,这是他的责任。支月英想帮老蔡说说话,首先要会说话。她暗地里读了老蔡的护林员岗位职责,知道老蔡的责任就是看护好林场,消灭火灾隐患,阻止砍伐,防止盗窃木竹，及时汇报和保护现场，配合森林警察及保卫部门查明失盗原因，宣传和贯彻中华人民共和国《森林法实施条例》和《森林防火条例》等相关法律法规。宣传法律法规能提高群众保护森林的意识。支月英找到了老蔡的幸福感，也找到了化解矛盾的一点点方法。她学习了一点，记住了一点，给学生及其家长讲解一点。支月英首先要学生弄懂赚钱与违法的关系。私自砍伐是可以赚钱，但这是违法的。贩毒违法，大家知道不能做，为什么砍伐违法就敢做呢？

每次家长来找她协调，她都能专业地说法律，讲制度。当然，这些事，她绝不会反馈到老蔡那儿，更不会表功，一律自己消化。遇上通情达理的家长，这矛盾容易化解，时间长了，她不仅无意识地担当了义务调解员，还担当了森林安全义务宣传员的工作，学生也懂了一点《森林法》，懂了一点《森林防护法守则》。她明白做这些事不只是为了协助老蔡的工作，更是为了林区森林的安全。她听到村民的一些怪话，也听到过一些谣言，想中伤老蔡。她听了，当然不舒服。只能"身子正不怕影子歪，日久见人心"吧。她不去辩解。当学生家长来找她说与老蔡纠纷的事，她开始是烦恼的，胆怯的，想推托，后来自觉了。不管有没有效果，总多一个渠道宣传吧。说多了，学生们也成了宣传员，林场的森林，要靠林场职工来维护啊！

后来，解释工作习惯了，也成了她工作的一部分，成了林场和谐平安的一部分，成了家庭和谐平安的一部分。

这段日子真的是充满温馨、甜蜜，一家四口和和睦睦，就这样，在时间的波浪上，一天又一天过去了，她为自己的家又多了项工作感到愉快，感受到了愉快的和谐与和谐的幸福。

---

*本章歌词引自歌曲《我想有个家》（潘美辰作词），《映山红》（陆柱国作词），《小小的我》（王健作词）。

常回家看看

找点空闲，
找点时间，
领着孩子，
常回家看看。

25

唱《常回家看看》这首歌时会有点寒心。

老人不图儿女为家做多大贡献呀，
一辈子不容易就图个团团圆圆。

她没少给妈妈刷筷子洗洗碗，也没少给爸爸捶捶后背，揉揉肩，也没少回家看看。但她没有听从父母弟妹的劝告，没有回家与父母一起安居乐业。如果从物质生活去比较，她是家里6个孩子中生活最贫穷最拮据的，工作环境最艰苦的，人生的历程最艰辛的一个。妈妈含泪盼她回来，含泪留下的遗言是：女儿你一定要回来。而她，只是回家看看。后来，连回家看看也少了，少了。

当老师的最初几年，因为澡下乡没有自己的住房，每年寒暑假，她都会"常回家看看"。每次回家都看到了家乡与家庭的变化。这些变化曾多次引发过她的激动与思考。回？还是不回？是她每次"回家看看"路程中思考的主要问题。她多次这样问自己。

第一次回家是一个人。那时，老蔡刚外出打工，凑不上假。那时，大弟、二弟、三弟刚开始走向社会，大弟、二弟跟老爸学木工，小弟学泥工。两个妹妹跟着学做生意。姐妹兄弟在一起的话题当然是劝姐姐调回家或辞职回家的事。家乡多好呵！有山有水，有公路有铁路，有车有船，交通方便。爸爸有技术，当过村主任，见多识广。

弟弟妹妹们你一言我一语地苦苦劝她，回来当老师好哇，这儿正缺小学老师，论容貌，谁不夸你；论人品、能力，谁能与你比？论学历，高中毕业还读了"共大"，进重点小学当老师都不是问题。

每年回家两次，家乡与家庭的一些变化，支月英看在眼里，记在心里。大弟弟学会木工后自学装修，开始是结伙干，跟帮跑。不久，自己组织团队揽活，是家中最早有房有车的"致富户"。二弟弟紧跟其后，做了一段时间木工后改经商，进贤交通方便，东西南北，四通八达，很快也"五子登科"了，妻子、孩子、票子、房子、车子。三弟自己会盖房，虽然没有车子，但小日子也过得比姐姐红火。两个妹妹自己创业，从摆摊做到开店、开公司。大妹在县里开了豪爵摩托车专卖店，妹夫有一手修车好技术。支月英后来选购豪爵就是因为家里有这样一个好后勤，好修理工。车子是从家乡送去的，不管哪个零件损坏了，都由妹妹邮寄过来。她曾开玩笑地说，"我的车子不怕坏"，就是因为有妹妹、有妹夫这两个"靠山"！她的日子过得艰苦，弟弟妹妹不忍心，后来，两个弟弟联手帮她做了全套家具，大衣柜、书桌、写字台，从进贤运到泥洋。

每次回家两个妹妹总要给姐姐送上礼物,比如掉到山沟里的那把小伞。如果回到进贤,这一套高质量的家具还需要坐车上山吗?

有人缘,有"靠山",有亲人,多好啊!

支月英是属牛的,她的牛脾气来了,九头牛也拖不回啊。家乡那么好,她就是不回去。奉新的泥洋到底好在哪里呢?有什么诱惑力或说吸引力把她留下呢?

妈妈决定来看看。那是秋天,国庆节刚过,中秋节未到。

支月英当然没有时间去接,妈妈从南昌换车到奉新,又换车,经澡下到观下。女儿支月英在观下等待。

一路颠簸。妈妈在异乡异地看到女儿,别样心情别样高兴。奉新的早班车赶不上,从南昌赶来,只能坐午班车,到达观下是下午,是学生放学的时间。

观下是个大村,村小就在车站附近,看到一群群孩子欢快地从学校跑出来的身影,听到他们的欢笑声。妈妈笑了,问:"你是孩子王,就管这些孩子们?"

"是的。"女儿笑着回答。

"家在哪儿?走,先看看学校。"妈妈兴致勃勃。

支月英说:"妈,还没到呢,在山上。还要走……"

她真不好意思说出口,离这儿还有20里山路。妈走得动吗?自己总不能背妈上山。昨天打听了半天,没有上山的车。在泥洋,她是知名人士,离开了泥洋,一个乡村小学老师算什么?谁会,谁又能特地为你留车啊?她深知一个乡村小学老师的分量,她从不愿麻烦任何人。村里的每个学生家长对她尊敬爱护,她知道,因为村里太需要老师了,孩子们太需要学习了。离开了这个村,谁也不认识自己!她曾经几次遇见过外来的车,你再招手也没人理。

她只能对妈妈实话实说:"妈,到我的学校还要走10里地,不是,是 10 公里地。"

"妈知道，10 公里不就是 20 里嘛！"妈又气又心痛地问，"你每次都这样走？"

"是的。"她回答。

"我家娟娟呢？"

"抱一段，走一段。"

"她那双小脚能走吗？"妈生气了，说，"我把她带回去养！"

"妈，其实我们很少下山。"支月英解释。

"小小的年龄，不下山，丢在山里做什么？外面的世界都不知道，出来两眼一抹黑，亏得你还是老师！"

"不，不，妈妈，节假日我还是会带她下山的。"

"你背上背下，你自己不累死呀？！"

支月英知道，这时与妈说不清，累坏了女儿，她心痛；累坏了女儿的女儿，她一样心痛。

这么远的路，还真不知妈妈会骂出什么话来，准备好了，让她骂，竖起耳朵只管听。20 里地的山路。

在泥洋，读一年级的娟娟饿着肚子早早在门口候着，盼妈妈回，盼看到外婆。同学们要她吃饭，她不吃，她要等与外婆一起吃。她知道外婆喜欢她，疼她。外婆一定给她带了好多礼物。她睁大眼睛望着山下的路。看见了，看见了，两个人影，是妈妈搀扶着外婆！她边跑边喊："外婆！外婆！"

在山里住了七八年，这是第一次迎接自己的亲人啊！那高兴、激动的心情就别说了。尽管外婆已经是腰疼脚软了，还是吃力地抱住娟娟，尽管每年寒暑假都抱过她看过她，但在这山路上相见，心境就是不一样。双手插进娟娟的腋下，实在，实在抱不起了啊，只能蹲下，亲了孩子的脸。娟娟笑了，甜甜地叫了一声："外婆，外

婆好！"

外婆笑了，把外孙女紧紧搂在怀里。久久，久久才松开，说："月英，孩子饿了，早点吃饭吧！"

第一拨不悦刚刚过去，第二拨不悦接踵而至。不满2岁的翩翩还站在桶里，没人问津；今天才得知老蔡还没有上山，夫妻俩还是两地相思。一阵灰云从妈妈心头抹过，女儿命真苦啊！两个外孙女儿真苦啊！想到家中三个儿子、两个女儿，想到自己抱过疼过的他们的子女，心更疼。唉，一口气还不知从哪里出："月英，你，这么多年你是怎么过的？你可以苦自己，不能苦两个孩子呀！我都带走，带走！带走！"妈妈的声音几乎是吼出来的。

支月英无声，低头给翩翩喂粥。妈妈端着碗，望着这娘三口，哽咽得下去，拉过娟娟，让娟娟坐在自己膝上说："娟崽，外婆喂。"

"我自己会吃，我好小好小就自己吃耶。"娟娟说。

"娟崽乖，跟外婆回去，好吗？"

"我要读书，妈妈要给我上课，我会听妈妈上课的。"

外婆狠狠地亲了娟娟一下，自己洗脸上床睡闷觉了。累了一天，来到这山上，走进这间房里，找不到一点家的感觉。本想多住几天，帮助女儿做点事，让女儿歇一歇，让两个孩子吃点鱼，吃点肉。一问，一看，什么都没有，街道没一条，商店没一家。

"月英哪，我明天就回去！带着孩子回去！"她躺上床说。

"妈，你不是说多住几天吗？我带你到学校看看，周边村里走走，这后山景致还是蛮好的，还有泉水呢！"

"不看了。家里比你这儿好看的景色多得多。"

支月英这夜真不敢睡。当两个女儿睡熟了，妈妈发出了鼾声，她还没闭上眼睛。她在想，我错了吗？妈妈明天真的要走吗？泥洋真的没有一点值得妈妈称赞的地方吗？

清晨,她不能陪妈妈,她要和学生一起举行升国旗仪式。当国歌响起时,她看到妈妈的身影,妈妈看到她带着孩子,那么庄重,那么严肃,算是露出了上山后的一丝微笑。升旗后,妈妈还站在那儿不动,抬起头看看国旗在蓝天下飘扬,点点头,自言自语说:"比我们家乡小学升旗要好,要好一些。"她轻轻地问:"月英,这是你管的吗?"

支月英说:"是。"

娟娟插嘴说:"妈是校长。"

"管几个人的校长?"

支月英不好意思地说:"不多,三个教学点,百把个学生。三个点挺分散,相距挺远的。"

妈妈知道学校对面只有一家小卖部,一家竹板床加工厂,这两年加工厂生意不景气,山下很多厂都是机械化,质量比这儿高,生产数量比这儿多,重要的是各项成本都下降了。毛竹好卖,竹床难卖,看样子,会慢慢倒闭。妈妈还看到了女儿种的菜地养的鸡。妈妈知道女儿能干,肯吃苦。妈妈半小时就把场部转完了。

后山没有什么可以看,不就是几根竹竿接一溪山泉吗?妈妈实话实说了:"这儿几个人,这么一所小学,这叫'山中无老虎,猴子充霸王'啊!"

谁干,老乡都会说谁好!这是没有人来的地方啊!"物以稀为贵"。妈妈说的话很真实,又很堵心。妈妈觉得唯一可以为女儿做的事,就是把翩翩接走。带一个总比带两个轻松。女儿也同意,支月英马上要读函授,进修教育学课程了。女儿实在留不住妈,本想在逢集的日子一起逛逛,给爸爸买点土产品。妈妈已无心逗留了,不知是牵挂着家里一大堆子女,还是有心无力照顾月英。多住了一天,就坚决要回进贤。分别时支月英本想叫爸爸来玩玩,看看妈妈

恼愧的脸，话到嘴边又咽回去了。

妈妈走时，留下的还是那句话："想办法回家……"

其实，老爸早想来看她，父女情结得深，天下无异样。回去后，妈妈身体一直不适，老爸要守护妈妈，老爸来看女儿的念头也渐渐没有了。

翩翩还小，在妈妈身边又生活了一段时间。支月英忙于进修和接受继续教育时，把翩翩送回了进贤老家。

《常回家看看》这首歌唱到这时，支月英还真有点揪心了。

老蔡上山了，这儿有个家了，寒暑假就很少回去了，很少回家去帮妈妈洗碗，很少回去给老爸揉揉肩。何况自己要利用寒暑假干点苦力活儿，挣一点外快，以补贴家用。此事往下会细说。

翩翩在进贤的生活状况只能靠信件了解，只在翩翩接回泥洋后，才知道，出的洋相不少，闹的开心事不少，算是安全走过了幼儿时代，没有出大事儿。这时，支月英才感到妈妈身体是每况愈下，可能再不能为子女多做什么事了。

翩翩在进贤经历了好多好多事，回泥洋后，她说了两件"大事"，让自己都觉得好笑的"大事"。

逢年过节，家乡都会做米酒，进贤的李渡高粱举世闻名，进贤米酒也是远近驰名。妈妈是做米酒的高手。做了一缸米酒，放在房里。

那酒味真香，扑鼻诱人，小小的翩翩循香推门而入。她手也真巧，本领也真大。酒缸是广口，好大，可以放进大匙子。她不知从哪里找来了匙子，撬开了瓶口，坐在地上独饮独吟，自得其乐。饮着，饮着，饮醉了，躺在地上睡着了。到了晚饭时刻，外婆竟找不到她的身影。动员全家寻人，不知是谁听见了小小的鼾声，推门一看，翩翩像个小猪崽一样躺在地上。外公说："醉了，醉了。你看看她的小肚皮，撑得像面鼓。不知她喝了多少，这孩子，一定是没饮过米酒。"外公抱起翩翩,外婆爱怜地抚摸着翩翩的小脸蛋说:"山里生山里长,哪喝过这样好的米酒,下次给她多带点。"

翩翩的嘴巴就是馋。

"酗酒"的事发生不久,又发生了误吃钙片的"事件"。

农村家家都会养狗,外婆家也不例外。不知是哪位舅舅还是姨妈给狗狗买了大量的钙片,这钙片是什么味道,谁也没有尝过。就那么巧,偏偏让翩翩看到了,她品尝了一粒,嘿,还不错,挺甜的,又吃了两粒,吃了多少翩翩不知道,她只知道肚子疼了,大叫:"外公外婆救命!救命啰!"

"外婆,我会死吗?"她望着外婆焦急的脸问。

"我肚子疼得要命,不是一般的痛耶!"她又哭又叫。外公还真受到惊吓,抱起外孙女,叫儿子驾车往医院里跑。外公毕竟懂一点医,摸摸翩翩的四肢,挺暖的,摸摸她的心跳,挺正常的。额上也不是大汗淋漓,四肢也没有厥冷,这是什么病?肚子又鼓胀了,不像"隔食",患"隔食"的小朋友多有厌食,翩翩胃口好得很,家里很注意饮食卫生,也没有什么不洁的食物呀!很快,舅妈跟上来了,大叫:"翩翩吃错了给狗吃的钙片,吃了好多好多。"

医生把翩翩放在抢救床上,摸肚子,未见叫痛,也没有反跳痛,看看送来的钙片,自言自语说:"比我们吃的钙片粗糙一点。有说明书吗?要看看每片的含量。多了,对肾脏有损害。看看吃了多少,要不要洗胃,算一算……"

翩翩两次闹事都是因为"贪嘴"。外婆只是心痛山里贫穷,孩子见识少。

妈妈身体一天不如一天。娟娟赶来看外婆,老蔡也来了。只剩下支月英,她还离不开讲台,气得娟娟在与妈妈发生争吵时,大声指责妈妈:"外婆病重时,全家都到了,只有你,还在几百里深山外……"

支月英终于赶回进贤县了，妈妈留给女儿的最后一句话是："下山吧，女儿，妈求你了！"

妈妈最终还是走了，带着盼望女儿回故土的心愿，告别了人间。支月英痛哭无语，她有两个耳环，她下掉一个，放进妈妈嘴里。按家乡"含金"的习俗，表达长女的孝心。

头一个清明节，支月英赶回了进贤县，她难以向妈妈告知，女儿没有遵照遗言去做，女儿坚守在大山。支月英对着墓碑哭泣着说："妈妈，这辈子女儿都不会回进贤了。女儿嫁出了！嫁给老蔡，嫁给大山了。妈妈，你就原谅女儿吧！"

清明时节雨纷纷，清明坟头草青青。

清明雨真的落个不停。啊，雨在天，泪在心。妈妈在地下，女儿在地上。

妈，我会每年回来看你的，娟娟、翩翩都会回来看你的。

妈，你不要责怪我，不要责怪我，我真的不能回来，不能回来啊……

泥洋有什么值得女儿这般留恋呢？

妈妈没有解开这个谜，是不是住的时间太短了？是不是没有与女儿好好聊一聊？老爸待心情安定后，决定到泥洋看看，决定帮女儿做些家务，做点家具，至少可以把住房装修一番。就这样，带上了木工全套工具启程了。

女儿不同意在泥洋购木材做家具，在泥洋购木材又方便又价廉，然而，老蔡是护林员，木材来路还真说不清楚。本来背后就有人造谣说，给了他钱，他就放任伐木，自己买木头不花钱，少花钱。支月英至今还没有一套像样的家具。就这样过吧！日子清贫一点，比有人指着脊梁骨、指着鼻子说闲话要过得舒服。老蔡、支月英过日

子不怕吃苦，就怕心堵。两个孩子跟着他们委屈地过着苦日子、穷日子。细心的老爸想了办法，把家里现有的柜子、床都精修一下，给两个外孙女做了小桌小椅，用的都是废木料，甚至是从柴堆里捡出断木拼凑成材。

　　老爸没有完全沉浸在家庭"后勤"工作中，他在寻找女儿留恋泥洋的秘密。早上起床看升国旗，小小的操场，全体学生行队礼，举起右手，老师和村里百姓抬头行注目礼。庄严的国歌，鲜艳的红旗，庄严的场面，可爱的人群，老爸是老党员，他理解女儿对工作的热爱与不舍，这道风景线的形成，不容易啊！

　　泥洋分场一天的生活就在学校升旗的国歌声中开始了。

　　他在公路上站了片刻，很少看到有货车、卡车上山。女儿说了，这儿没通班车，交通是闭塞的，沿山是竹林、树林。清晨，女婿老蔡带了一袋馒头开始巡山去了。

　　响起了清脆的电铃声。同学们纷纷进了教室，教室里响起叫"老师好"的声音。他放慢脚步，想围着学校走一圈，他看见了篮球架、乒乓球台、沙坑……他心里明白，这都是女儿的心血。他不知这所学校的过去，他看到了学校的现在，这是一座交通闭塞的山林，老百姓需要这样的学校，这样的老师。女儿的工作十分有意义。

　　他走进小卖部，走进小小的竹床加工厂。他徜徉在分场门口，走进分场附近的农民家中，他听到了好多好多关于女儿的故事，有的故事让他兴奋激动，有的真让他心酸心痛。

26

　　那是砍伐毛竹的季节，从山上运下一根根毛竹，堆在这山路上，等待装车。搬运工都是临时的，有农民、林场工人，这支搬运工队伍里也有支月英与女儿娟娟。

热天,长长的毛竹从山上背下来,扛在肩上,到了公路才能拐弯,毛竹太长了,在弯弯的山路上,只能直走。拐弯后上车,上车也算一门技术活儿,大头朝上,小头朝下,捆绑。毛竹竿是滑滑的,没放好,下滑会刺伤人,严重会置人于死地。曾经发生过,报道过。

那年扛一根毛竹上卡车是2角钱,一根又一根,装满10根2块钱,100根20块钱。几个人合伙,一天大概可以赚到20块钱。在20世纪80年代初那可是一个月的工资啊!而这,要累一天,累一天啊!山里人说,这累,划得来啊!后来,提到每根3角钱,近两年又提到每根1块钱。老爸听说过女儿在读"共大"时搬过山竹。那山竹细短,这毛竹粗长,那是读书锻炼,这是为家挣钱。支月英还想带着贫苦学生挣点零花钱。老爸在想,女儿会觉得苦吗?会牢骚满腹吗?女儿扛毛竹时会想些什么呢?女儿对他说过,没钱寸步难行。钱像水一样,没有会渴死,多了就会淹死。他理解女儿干苦力挣钱的心情。他没有看过女儿第一次接过20块钱,那笑得合不拢嘴的情景。

后来娟娟长大了,妈妈每个月是没有零用钱给她的,一个人在山下,总得花点钱吧,她要自力更生。只要有毛竹装车的机会,娟娟决不放过。娟娟记得,那时搬一根毛竹是3角钱。她累了一天,赚到30块钱,她自豪地说:"这是我人生的第一桶金。"不管是多是少,是自己付出汗水所得。今天,还有哪个女孩子会在阳光下穿着工作衣,戴着工作手套,肩扛毛竹,一根一根送上卡车呢?不是怕被太阳晒黑了,就是怕刺破了嫩肉。娟娟自豪地说:"我做过,我从小就做过。"这是中国山里孩子特有的经历啊。

娟娟一年一年在长大。在长大的日子里,妈妈病倒了。看到妈妈憔悴的脸庞,逐渐瘦弱的身体,她也在想,妈妈到底是为什么?追求什么?她把爱,可以说是全部的爱给了谁?妈妈静静地躺在病床上，是妈妈太累了吗？妈妈闭上眼，妈妈会发出轻轻的鼾声，她还没见过妈妈睡着的样子。这不，静静地躺着，像是在思考，在回忆什么。不管她睡得再深，或刚刚入梦，只要听见声音，她就能分辨出是不是她的学生来了，学生的谈话声，学生的脚步声，乃至学生的呼吸声，她都十分清楚。娟，是他们，他们来了。你听，那脚步好轻，好轻，护士不会这样，医生也不会这样，是我的学生来了。

果真，学生们轻轻地推开了病房的门，他们送来了鸡蛋，送来了山花，送来了山里的野果子，没有什么昂贵的礼品，没有红包，带来的只是他们对支老师满满的爱。他们走近床边，一双双小眼睛溜溜地转动，像是在问：老师睡着了？我们是不是吵醒了她！又胆怯地要退出去。

支月英就是这样熟悉他们，就是这样惦记他们。听声音，她都能叫出名字。一声呼唤，孩子们停住了脚步，呼啦啦地扑了上来："老师，我们好想你啊！我们真的好想你。你住院了，我每天一样给花换水，给瓶子里插新鲜的花。"

"老师，那天夜里我哭醒了，妈妈问我，怕什么？我说，我不是怕什么，是好想支老师。想着，想着，就哭了。妈妈说，支老师会好的，她是好人，好人是会好的！妈妈要我来看你。"

果然，孩子的家长出现在门口。他们说："我们是代表，代表泥洋的家长，孩子来看你的……"

呵，挥不去的是记忆，放不下的是牵挂，妈妈用心血送走了自己的年华……

娟娟明白了，妈妈心里装着的是学生，泥洋学校的小学生。她放不下她的三尺讲台，那是她生命的大部分。

妈妈爱娟娟，爱翩翩，但她更爱、更离不开那些孩子。

老爸放心地离开了泥洋。老爸是老党员，老村主任。女儿也是党员。他知道,他理解女儿那份情怀,她干着她热爱的工作,她是幸福的,快乐的。如今老蔡也上山了,女儿也长大了,认识到了妈妈的价值,他还有什么牵挂的呢?

他回家,回家后要到老伴坟头前替女儿说一句话:"女儿留下来没错。泥洋那儿有女儿的爱,有女儿的事业,你在九泉下就安心歇息吧!"

老爸要回去叮嘱两个儿子:"用家乡的木材,用家乡的手艺,给你们的姐姐做一套好家具。"

"全家支持你,月英!"

呵,看着爸爸远去的汽车,支月英心中无限感叹,父母的爱是学校后的山泉水,一直在流。而自己对父母的思念像山林里落叶一样,有风就会动一动。父母的爱是永恒的啊.

"有空回家看看!"老爸上车时留给了她一句话。

---

*本章歌词引自歌曲《常回家看看》(车行作词)。

说句心里话

说句心里话，
我也想家，
说句心里话，
我也有爱……

27

歌曲是人类用来表达情感的最佳方式。深沉、奔放、思念、悲伤，都会随旋律飞出心窝……支月英喜欢也习惯了用这种方式，倾诉或倾听内心的痛苦与纠结。这种解忧的方法是独特的是唯一，不是之一。

山上只有一个人，找谁去诉说？就是有人，又有谁能理解和分忧？在夜深人静的时候她想家，想奶奶、父母、弟弟妹妹，想桃花鳜鱼肥，想回到童年时代……"夜深人静的时候，是想家的时候"，这第一句歌词与旋律就扣紧了她心窝。"想家的时候很甜蜜，家乡的月就抚摸我的头。"这是歌颂亲人解放军的一首歌，每句词都表达了思念家人的情感，与"独在异乡为异客"的心情是相通的。"想

家的时候很美好，家乡柳就拉着我的手。""想家的时候有泪水，泪水都伴着微笑流。"

她是人，她的心也是肉做的，她能不想家，不恋家？这首歌，在夜深人静的时候，她哼了好几年。

后来，家里的亲朋好友"嘲笑"她傻，傻到悬崖不勒马，她付之一笑，她不用过多的语言去解释。她傻吗？是有点傻，她更多的是内疚，自责，自问。她没有后悔，因为这是她自己的选择。幸好，这首歌她听会了，她无意或有意地挂在嘴边，轻轻地哼着，是宽慰自己，是倾吐心声，别人懂不懂，理解不理解无所谓了。这首歌词写得真好，她只改了几个字，唱在嘴上，慰在心里。

既然来泥洋，就知责任大，你不上课，我不上课，谁来管好他，谁来教育他。

说句心里话，我也不傻，也是饱尝这一路上风吹雨打，说句实在话，我也有情，人间的烟火把我养大，既然来泥洋就应热爱他。

山里的孩子，村里的孩子，都是祖国的花儿，都是祖国的朵儿。老蔡上山了，爸爸来了，母女和解了，这个家和睦了。

老蔡巡山辛苦，每个周末，孩子们也想到山下县城看看。两个人商量，决定省吃俭用，东借西凑，买一辆小型面包车。既提高老蔡巡山的效率，也减少他的劳累，顺便还可以方便上下山的人，周日可以帮女儿下山购物，业余时间可以干点运输，减轻些经济压力。一举多得啊。她早就想到了留守儿童，有了车，为他们买新衣服、玩具、课外书也方便，甚至连棒棒糖也不忘给孩子们多带几根。

多好啊，原来幸福是如此的简单。那段日子，她骑摩托车，他开面包车，各自为工作忙碌着，真的感受到和谐的幸福。有一天，下课回来，看着老蔡在炒菜，她高兴极了。好多事不需要过多的解释，她情不自禁地冒出了一句：

幸福的花儿心中开放，爱情的歌儿随风飘荡……

老蔡听着，听着，笑了，说："你真是活回去了，越活越年轻。娟娟哪，这是你妈18岁时唱的歌，那时我们在'共大'，青年人正兴谈恋爱……"

"你们不是没谈过恋爱吗？"娟娟问。

"是的，你妈说，我们从没有谈过恋爱……"

…………

这么多年来，这是家中最和睦、最欢乐的时期。

欢乐的时光总是太短促，一场暴风骤雨在静悄悄地酝酿着。

暴风骤雨来之前，总是平静的，甚至是美好的。

这个世界上最心疼支月英的除了父母外，当然是老蔡。在山上，老蔡与她相伴15年了。默默无语的老蔡看在眼里，记在心里：2003年，她胆囊切除；2006年，右眼失明；紧接着是声带结节，疾病一个接着一个缠身。老蔡急了，他一直想找个机会，找个熟人，把她调下山去。

2007年，老蔡托人打听到山下学校可以进人了，又悄悄托人找到关系，事情办得八九不离十了，再高兴地告诉支月英，没想到一腔热情遇到了冰窖，支月英说："我这就下山啊？泥洋的孩子怎么办？老蔡，不是我不想下山，是没有老师上来啊，你看比澡下地势高一点的清潭村都没人去。我走了，这里的孩子全部要失学啊！"

"泥洋没有你天塌不下来！你不要老把自己看作救世主，没你

地球不转了？"老蔡这次真的生气了。

她感谢这十几年来老蔡的相伴，夫妻就像一双筷子，只有一起，才能品尝许多酸甜苦辣。如果分开，吃什么都会挑着吃，会少了许多滋味，还会多点涩味。支月英明白，家里人没有错，亲人都是为她好。她又流下了眼泪："我知道，我对不起家人，对不起你们。但是，我，我也很纠结呀！我选择的路，我要走到底。有时我希望自己能干出一点成绩来，不是为了炫耀自己，不是想获得一点什么表扬，我真的是想告诉青年人，在这里好好工作也能干出一点名堂来，我总想用我的行动说明一点什么，证实一点什么，感染一点人，哪怕能感染几个人也行。"

她哽咽地继续说："我明白，我的一切努力并没有说明什么。青年人说了，支老师加工资奖励，再高，他们都点赞，但是他们不会学，也不会来。"

这事就这样僵持着，沉默地对峙着，一天一天地过去，日历一页一页地翻着。泥洋小学变成了教学点，不久教学点也宣布撤销。

2012年，奉新县教育局考虑到支月英年龄偏大，身体欠佳，决定调她到澡下中心小学任教。可以举家迁到山下，皆大欢喜的事不期而至，全家高兴。可在这时更偏远的白洋村民小组却联名请她去白洋教学点任教。上次是求爷爷拜奶奶找到的关系作废了，这次是组织上的调动，照顾她这个高龄老师。再干几年她就退休，就可以颐养天年，在家做外婆。是下山的诱惑力大，还是上山的推动力大呢？

来请她上山的都是她的20世纪八九十年代的学生，大多在县城打工，如今都做爸爸妈妈了，孩子只五六岁、七八岁，正是开始接受教育的时候。她如果不去，这些孩子就要去五六里外的仰山乡上学。春秋雨季，要经受风吹雨打，要遇上山洪暴发，上学路上充满危险,都是小孩子啊!推动力与诱惑力在她身上开始了竞争,开始了推拉……

她想了想,答应了白洋的村民们,说:"我去。"

那是她曾经管过的教学点。她知道,教室无法与泥洋相比,是土坯房,住宿条件很差。她做了思想准备。她还做了遭受家庭反对的准备。果然,那夜,老蔡发火了!"刚刚把家安顿好,日子刚刚静下来,你又开始折腾!你真是个无情无义不要家的人哪!我们不用商量了,你要走,你自己走!我和女儿在泥洋,哪儿也不去!"

她含着泪,打好自己的背包,说:"那,我走了。"

32年前,她是挑着担子从观下走到泥洋的。这次打着背包,她要从泥洋走上白洋。那时,她是一个人走在山路上,只有18岁;这时,还是一个人走在路上,已是50岁了,两鬓灰白,还是怀着那个目标,当一位山村教师。

32年过去了,她发现,目标永远在路上,永远在脚下,就是要这样一步一步走着,她没有大圣那样的豪言:

大圣,此去欲何?
踏南天,碎凌霄。
若一去不回?
便一去不回。

她是凡人,走着凡人走着的路。她相信一条,只要目标定了,这世上没有白走的路,每一步都算数。她望了一眼去白洋的路,摸了摸背上的行囊,回头望一眼泥洋小学,旗杆子还竖立在那里,圆铃还挂在屋檐下,从此再没有升旗了,从此再听不见泥洋的铃声。

她相信,白洋那儿一切都会有。她坚定地迈出了最艰难的一步。

走着走着下雨了,她经历了太多的风吹雨打,她不怕。

走出了两里地光景,听见身后不停地有车鸣声,她转身一看,是老蔡的面包车。面包车停在她身边,老蔡依然一脸愠色,没有一句话,老蔡头都没伸出来,也望着远方。上?不上?

她太了解老蔡了。他还是非常心疼老婆的。只是嘴不甜!她上了车。

车,启动了。

白洋在望。

28

白洋比想象中的还要差。

老蔡帮她搬被子,走进学校,拉开房门。

这是学校吗?这是人住的地方吗?怎么村里也不派人来打扫一下?

支月英心情十分平静。也许是这两天下大雨所致,村主任一定是领着大家防汛、查险情去了。在山区,最怕的是滑坡、泥石流,人命关天。既然自己答应来,就不是客人,是自家人,不要别人帮忙,自己一样可以干。

学校留了一间房做支月英的寝室,房里有积水,床上也是水,这被子,这衣服往哪里放?抬头一看,一缕光线直射进屋。

老蔡说:"瓦都掀开了。你看看,这房能住吗?再来几场雨几场风,你都会被这土坯墙压死!我是不愿当烈士家属的!"

老蔡边说气话,边动手,捡捡扫扫,挑走这些垃圾最实在。今晚还得在这里睡呀,捡得越多,老蔡越觉得气不打一处来,这样的环境怎么能工作?怎么过日子?但支月英还是坚持不下山!

老蔡忍不住唠叨开了:"你是好人,你是名人,你优秀,你模范,我落后。我走！可以吧？这被子你抱着。"

他一甩，尽管支月英曾经是篮球运动员，这个动作还是太意外了，她还没有反应过来，被子掉在地上，沾满泥水。

老蔡真的火了："这儿一切都是冷冰冰的。你都50岁的人，还求什么？从澡下到泥洋你坚决不愿下去，我跟你上来了；到白洋，你坚决要来，又跟你到白洋；一座山比一座山高，一个学校比一个学校差。人烟稀少，车都不来的地方，我们是来烧香求神，还是来辟谷修行啊？我们是要过日子的凡人，这日子往下，还要不要过？就为了这几个孩子，你舍弃了自己，还要舍弃这个家，这个成本也太大了吧！你一个人留下干，我不干，我要走了。"

老蔡是属鼠的，但倔强起来，也一样九头牛拉不回来。支月英平心静气地说："你走吧！我做错了，我继续错下去。你也不要气坏了身体，伤害了自己。"

从此，盖被和垫被又分开了，一床在泥洋，一床在白洋。

这夜，她睡在一个学生的家里，这个学生的家长是支月英看着长大的。他们都在为家辛苦，为家操劳。家是什么？家是为了钱？为了房子？家是为了老公？为了孩子？

屋外的雨时大时小，已是夏末，深山里的深夜，已有点凉意。她盖了一床被单。真是彻夜难眠啊，自己为老公、为孩子操劳过吗？辛苦过吗？50岁了，又要奔向远方……我支月英是为了什么？我也有家，有老公，有女儿。这夜深人静的时候，正是想家的时候，不过，这时想家心里不甜蜜，心情不美好，而且好痛苦，好纠结。这一生过了一大半，还是一个人。是孤独？是寂寞？在她心中，这是一个难解的谜，看到了孩子，听到了孩子的笑声歌声，她就不孤独，就没有寂寞了。

雨还在淅淅沥沥地下着，有点凉，仿佛雨点就落在自己身上。

她盼望天亮，盼望与孩子在一起，尽管目前只有三个孩子，家长说了，只要支老师来，都会把孩子送来。学生一旦增多，房子要加固，要改建。目前，肯定是危房，这费用谁来出？找谁要？这危房怎样才能保证安全？这都是问题，都是要做的事啊！

32年前在泥洋的第一夜是暴风骤雨，怕，真的怕。

这次到白洋的第一夜，是和风细雨，她心情很平静，很温和。她相信未来的日子绝不会像泥洋那样苦。在白洋，她要白手起家，一定要把这个教学点办好。

她轻声地哼起歌来鼓励自己："说句心里话，我也不傻，我一路饱尝了这风吹雨打；说句心里话，我也有情，人间烟火把我养大，泥洋白洋都有我的家，农民的孩子、山里的孩子都是祖国的花……"

---

*本章歌词引自歌曲《说句心里话》（石顺义作词），《我们的生活充满阳光》（秦志钰等作词）。

阳光总在风雨后

阳光总在风雨后，
请相信有彩虹，
风风雨雨都接受，
我一直会在你左右……

29

学校又竖起了旗杆，早晨又要唱国歌，升国旗，又响起了铃声，不是电铃，是手摇铃。铃声响后，学生都规规矩矩坐在教室。开始是3个学生，3个学生3个年级，轮流上课，她不因人少，不因只一个老师放任自己，她自律自强。

学校仅3个学生的日子不长，家长见到了支老师，个个开心，都把孩子送进学校。一下来了20多个学生，她将20多个学生分为一、二、三年级，音乐、体育、美术一起上，语文、数学分开讲。

这天，曾在泥洋小学读书的学生抱着、牵着自己的孩子来上学了。支月英像迎接贵宾那样站在校门口欢迎新生，高高矮矮大大小小，男男女女，哭哭笑笑。说是学校，实际就是一间长长的土坯房，

黑瓦黄土砖，几扇窗门上是刚刚贴好的薄膜塑料纸，窗开着，关严实了不通风，闭气。教室里的桌椅勉强拼凑够了，黑板不是板，是在黄土砖墙上刷了一层黑板一样大小的水泥块，涂上黑色油漆，地下是夯实了的黄泥土，平平的。教室尽管寒酸，乡亲们还是高兴，孩子们有书读了，是教过他们的支老师，最值得敬爱和信任的支老师。周边的村民都将孩子送来了。

这天，孩子们像过节一样快乐。

廖作春抱着漂亮的女儿走进校门，女儿手中握着一束花，小姑娘要把花交给支老师，要自己亲手把花插到支老师的发际里。支老师低下头依着她问："你叫什么名字？"

"我叫廖诗婧。"

"真好听的名字。"

"爸爸告诉我，支老师最喜欢花，要我每天摘几朵山花送给你。"

真是一代胜一代啊。支月英想，这么小，就会说这么暖人心的话。她抬起头说："你好聪明，好漂亮。"小姑娘马上回答："爸爸说支老师好漂亮。"

支月英接下廖诗婧的话说："不要爸爸抱，自己走进教室去。"

又来了一波喊叫声："支老师！""支老师！"

孩子稚嫩的声音与她熟悉的略显沧桑的声音混杂在一起，两代人的声音都充满激情与敬爱，二三十年前，这帮父母也是这般天真无邪的孩子！

支月英能一个个叫出这些学生的名字，现在她又记住了他们孩子的名字。乡村学校不能与城里学校相比，教具是泥洋剩下的那点残旧品。没有操场，没有铃，没有一对父母指望自己的孩子考进什么名牌大学，父母只希望孩子能识字，能读书，能走出深山与城里人沟通。

李士礼做学生时老实厚道，大了，还是一个老实巴交的农民，他儿子李齐，像他一样诚实听话，这也是遗传啊。

廖作春在县城打工，离家近，周末常会回家看看。李士礼，半工半农，李小进只能算上季节工，他们希望自己的儿子比自己强，多读一点书，能考上职业学校，学一门技术，那就是喜从天降了。这些年他们毕竟见识了外面的世界，知道读点书学点知识还是很有用的。

第二代学生的名字也比上一代更"现代化"。

李士礼与李小进的儿子都是单名，好听，好记。一个叫李齐，一个叫李棋。同音不同字。

支月英叫着另外几个大人的名字："李开顺，李开林。你们儿子叫什么？"

"叫李先智。"李开顺说，"开林的儿子叫李扬龙。"

支月英一个个对号："李雪春、李小明、李衍华、李霞、刘丽……"他们孩子的名字是李峰、李志、李健、李妞妞、刘毅恒。

嗯，比父母的名字好听，支月英记住了。

她曾到这个教学点来检查过教学工作，在教室后一排听过课，没想到废用了几年，教室就显得这样破旧，透风漏雨。夏末初秋的时候，还过得去，过了冬至怎么办？大雪封山，冰雪压顶的日子，这房子经得起冰雪的重量吗？这土坯房还经得起春风秋雨吗？

讲了30多年的课，不一样的学生，一样的内容，似乎是不费神。望着这些来自不同家庭、性格各异的学生，支月英觉得自己又要走一条路，一条新路。

第一件事是要维修学校，这是对孩子的生命安全负责。

白洋教学点，是泥洋村的一个组，有200多人口，凑钱积分子修学校，她没有这个权，也没有这个胆。涉及经济问题，除了自己

垫钱的事,其他的事,她是不会沾个小指头的。泥洋村委会,她熟悉。过去,分场会出一点点钱,如今,要村委会掏钱,为一个教学点掏钱,这是不太可能的。只有直接到澡下找乡政府,找管教育的领导。她经仰山乡坐班车,从白洋到班车点只有8里地,她感觉轻松多了。其实并不轻松,长期步行,导致她下肢患了严重的静脉曲张病,直到2013年才靠几次手术治愈。说她是老病号,不算夸张;说她患的各种病都与她的职业、与她操劳相关,不为过。

想起了一段话:有些路,只能一个人走,当目标认定,不要歇息,再痛苦再疲倦,你能往前挪动一步,也就靠目标近了一点。有些话不必多说,说了也是白说,不如先做,做好了,相信会有人为你发言,不要着急好运气没有光临。有时,在你前行时总会有一缕阳光落在你的身上。这不,土坯房开始维修了,雨季不漏水了,冬季不进风了,缺的是孩子们运动的场所。

这儿公路上很少有汽车来往,公路自然是体育课最好的场地,美术课也在野外,教孩子欣赏远山近水、大树小草、野花绿叶、农舍山田,教孩子们认识颜色,认识图形,这也是别开生面的教学方式。

支月英教孩子们唱的第一首歌是国歌。先讲歌词,全体孩子一起听:"起来,不愿做奴隶的人们。"她问:"什么叫起来?起床的时候叫起来;在我们被欺负、欺压的时候,我们振作反抗,也叫起来,这首歌是在日本帝国主义侵略我们的时候创作的,全国人民一起唱出团结抗敌的声音,要保卫我们的祖国。今天,我们要学会这首歌,不光是唱,还要知道这首歌的历史,懂这首歌的意义。我们的国家能有今天的强大和富强,是源于我们中国几代人的牺牲与努力。"第一次讲,孩子们不懂或半懂。她会常常讲,每次教唱前,都会再讲一次,读到三年级,孩子们基本知道了国歌的背景和意义,知道了要举起手行少先队员礼,停下脚步行注目礼。

她开始要面对这一个个心理不一样的孩子,她如何做好这个教学点的工作呢?会像泥洋那样认真,那样执着,那样付出全部的激情和心血吗?

她给自己定下了"规矩",也就是条例,即使一个人,一个人也要有约束,有目标,她是这样要求自己的:

1. 把学生身心健康、快乐成长放在第一位,不以分数至上。
2. 爱生如子,能允许学生在犯错误中成长。
3. 善于理解,激励学生,平等对待每个学生。
4. 不当众批评学生,不训斥家长,理性从教。
5. 有"童心",会和学生交朋友,做学生的"知心姐姐"。
6. 把课堂还给学生,能让学生轻松愉快学习。
7. 衣着得体、朴实、端庄。
8. 面带微笑、语言幽默、乐观开朗、积极向上。
9. 多才多艺,促进学生全面发展。

这9条她贴在墙上,记在心上,落实在行动上,兑现在每天的教学上。

她对孩子做了简单的家庭背景与心理调查。那时,四、五年级的孩子不知什么叫电视,如今五、六岁的孩子会玩手机,大一点的还会自拍。一位父母在外面打工,为了与孩子保持联系,给6岁的儿子买了一部手机,这孩子年纪小小,手机却玩得溜溜转,好像外面的世界都在他眼里。

如何面对新时代的小朋友的教育?

50岁的她能适应这新的变化。

50岁的她,新路依然在脚下。

30

旧校舍，旧教室。

新学生，新故事。

一样的课本，一样的讲课，不一样的学生心理，不一样的教育故事。

支月英记得李小进读书时，是个贪玩调皮的孩子。李小进把儿子李棋交给支老师时说："拜托你了，支老师。我儿子比我更调皮，大大超过我。我外出打工了，担心两个老人管不住，叫老婆留下来照看他。你来了，我放心了。钱要赚，教育孩子不能误。像我，少读几年书，就吃了大亏。"

李小进的调皮，支月英记忆犹新。上课做小动作，不做作业，与同学常有摩擦，偶尔还会打架。这些年来出生的孩子不一样了，接收的信息量大了点，外面的世界知道点，个性强了点。几天后，支月英就发现，李小进的儿子李棋不是一般的调皮，在家里，父亲"以暴制暴"使他性格更加刚强、暴躁。

妈妈担心管不住他，他的调皮是每个动作都带有破坏性，跑到邻居家拔蔬菜，抓小鸡，摘果子。常以恶作剧为乐，有时在路边捡一根树枝，当作马鞭，当作刀棍，说是"练武术"。李小进外出打工，最放不下的就是他，怕他惹祸生是非。现在，把孩子交给支老师了，他们放心了。

接触后，支老师发现，孩子的"调皮"真大大超过了他父亲当年。那个年代，再调皮也就是不做作业，逃学。最多，偶尔发生一次打架。而现在的李棋，简直每天都要挑起事端，使得同学、家长意见好大。支月英真有点担心，这个李棋会不会影响其他学生啊！由于他的到来，这个班都有可能被他闹散啊。总共也只有20多个学生，他成了猴子王,要"大闹天宫"了。支月英确有几分担心。

李开鸿的两个儿子叫李俊杰、李俊豪,都坐在这个破旧的教室里。一看就知道,两兄弟性格完全不一样,俊豪好动多语,俊杰好静少言。俊豪喜欢当老大,孩子们都叫他"豪哥"。有一次支月英也开玩笑地说,"豪哥,你今天作业完成得怎么样?"全班哈哈大笑,从此,"豪哥"的名字就叫响了。

三年级考试要到仰山小学去,支月英一直陪着"豪哥","豪哥"回忆起支老师的陪同,又是感激,又是自豪,常会对同学说:"支老师与我真是哥们,我要好好向支老师学习。"

这些孩子比20世纪八九十年代的孩子心理要早熟,心理状况也不一样,像李棋、李俊杰,还有几个女生,要经常进行心理疏导。

如果说,20世纪80年代的支月英,还不太清楚心理教育的重要性,30年后的今天,她对教育有了全新的理解。一位教育家说:孩子们有了体魄健康、心理健康与生存能力,就能走向社会,融入社会,就能面对明天。

一般来说,农村孩子参加应试教育常被认为会"输在起跑线上",她只能尽最大的努力做好"起跑线上"的工作。再花大力气备齐各项物资,但都不能与城市学校、孩子比拼。她把体魄健康、心理健康与生存能力放在第一位,让每个孩子长大后能与人和睦相处,与人友好沟通,这样一样可以自立于社会,服务于社会。

对李棋与李俊杰两个学生,她更关注的是他们的心理健康。支老师用心最多的是另一位残疾孩子,名叫李洪先。他右眼失明,父母体弱多病,外出打工也养不活一家人,在村里享受低保。李洪先寡言少语,他知道家里穷,父母希望他好好读书,他自己也努力。支月英对他关爱倍加,只要有可能,支月英准备资助他读到大学。他记忆力真好,理解力真强。说什么都只需讲一次,他就懂。同班

同学升级或留级,他跳级。支老师十分爱惜他的天赋,同情他的贫穷,鼓励他的勤奋。他随时都有可能因为贫困而辍学。这样爱读书、会读书的农村孩子不助他一臂之力他就会永远窝在山里了,于孩子、于社会都不利。支老师关爱他还有一个原因,就是让他带动全班,鼓励全班。教他,不用费力费心,一点就通,资助他也就只要几百块钱,城里人少抽两包烟,少饮一瓶酒,就可以解决他的读书缺钱之困。支月英知道,对于农村孩子,走出大山是一个梦,她会省吃俭用去帮他圆这个梦。

支月英压缩自己的开支资助他。最近两年,班里的奖金,都奖给了他。这个残疾好学的孩子需要呵护,她不允许其他孩子给他起外号,不允许同学故意指责他。支月英给他们的是大拇指教育,教他们对同学多一点关心,多一点关爱。她去李洪先家做了几次家访,鼓励父母让孩子读书,一定要读书,考大学,这是农村孩子长知识、求上升的唯一通道。李洪先在白洋只读了两年就上高小,去仰山乡的小学读四年级,今年要考中学了,支老师期待他有好的成绩。

李棋也是残疾学生,他父母说是因小时不慎把一把小刀从右眼睑下插到颅底,生命无虑,却损伤了面部及右侧出颅的神经,导致右手与右脚动作不便。写字时,右手歪着执笔,走路时右脚外翻。

这是家访时,支老师从李棋父母那知晓的,她默默地记挂在心里,趁到县城开会,又跑到县医院找专家咨询了这个伤情。医师说,从颅底出颅的大多是脑神经影响颌面部,很少影响手脚,如果确实与外伤有关,可以领来看看,确认是否可以矫正。

支月英还真与李小进商量过矫正的问题。李小进说医生告知,可以穿矫正鞋。李小进特地托人到省城买了一双,让孩子穿,有点改进,就是孩子不能坚持。

支月英就从帮助李棋写字和走路开始,与孩子建立感情,协助孩子矫正写字、走路姿势乃至各种动作。

支月英像教孩子启蒙写字一样，手把手教他握笔，一笔一画写正楷，监督他一步一步走路。放学后送他回家时，一路聊天，不允许他走一路破坏一路。李棋知道支老师是爸爸的老师，是泥洋的"名人"，在心理上有了尊重，不像在家中那样顽皮。支老师让他从和谐中寻找到快乐。在学校，支老师教他打乒乓球，因为右手无力，李棋左手握拍，李棋进步很快，竟然还会抽球。该读四年级了，父母不放心，硬是要留在支老师身边再读一年。这不是留级吗？不，这不叫留级，叫"再教育"。李棋又快乐地在白洋读了一年。

李俊豪喜欢出头露面，有号召力，有凝聚力，他阳光，开朗，只要他在班上，孩子们都会围着他转，他能用自己的阳光影响小朋友。"豪哥"上四年级了，李棋也上四年级了。孩子依依不舍地离开白洋，周末总会来看支老师。

他叫洪涛，洪水的洪，波涛的涛。矮矮的，结实的身材，有时两道鼻涕还留在嘴唇上。洪涛这孩子从小不爱说话，父母担心他将来不善交往，三岁半就带到支老师这儿，要她收留。支老师说，"太小了吧？"父亲哄着说："不小了，都快5岁了。"

支月英说："那就秋天来吧，带上户口本啊。"

秋天，洪涛父子真来了。支月英一看户口本，还不到4岁啊！她完全可以拒绝。她想，家中该是有什么难处，便问："你为什么谎报年龄？""我是想让孩子跟着支老师，让他性格开朗一点，像你一样。"农民不会说"心理"这两个字，支老师明白了，收下了。洪涛学习认真，上课不说话，也不欺负女同学。

后来父母外出打工，他就是支月英的"跟屁虫"，支老师走到哪里，他跟到那里，他家离校有6里山路，中餐，跟着支老师吃，支老师有时忙，没有做饭，他就跟着支老师到同学家里吃饭，他是

席上客，就像是支老师的孩子一样。不过，支老师发现，洪涛太依赖她了。有一次，她病了，请了一位临时老师代课，老师布置的作业他不做。代课老师很生气，支月英接通电话，只叫了一句："洪涛，你在做什么？"洪涛马上回答："支老师，我会完成作业的。"

支月英是洪涛的老师，也像是他的妈妈。

支月英很愿意充当这样的角色。在城市，开家长会，父母积极参加，极力配合。在农村，有几个父母在身边？好一点的家庭留着只识几个字的妈妈，守着孩子，守着老人。

城里人有这样一个道理：教育好孩子的秘诀，不是成绩，不是早教，也不是名校，而是父母每天对孩子的潜移默化。由此，养成的孩子性格，才是影响孩子一生的关键因素。

留守儿童的家是"孤岛"，留守孩子享受"孤儿"的待遇。支月英取代不了父母，她只能用自己的感情，用自己的爱与良好的习惯去影响孩子。

50岁上白洋，她真不后悔，她没有白来，没有白费心，看到一个个孩子健康成长，她心安了，快乐了。第一批读四、五年级的孩子去仰山乡了，两年后，又考取了中学。

低年龄的孩子又不断走进白洋。

新的问题出现了。六七岁进小学，是国家的规定，5岁的孩子收不收？5岁不到的孩子收不收？父母打工了，爷爷奶奶照顾不了，都想往这儿送。收？这儿就是托儿所了，何况年龄越小照看越难，何况只有她一人，这又不是多揽活儿多赚钱的事。支月英没有犹豫，收了。她抱起了一个孩子，这是一个特别的女孩，四岁半，那个哭声大得都传到对面山上又能反弹回来。支月英笑了，你有本事，把对面的山哭倒了！孩子舍不得离开父母，怕陌生人。支月英有办法让她适应。

她不是用糖果饼干哄孩子，也不用打骂威胁孩子。她把孩子抱在怀里，为她唱歌，讲故事，带她做游戏。一天、两天、三天，这个小姑娘反而离开她就大哭。这样行吗？也不行。支月英要让她融入集体，养成与孩子们在一起的习惯。在这个远离城镇的小小教学点，面对一个四岁半的小女孩，支月英用心呵护着这颗离开父母的幼小心灵，呵护她长大。

每天，支月英从老人手中接过孩子，让她看看远处的山，说："太阳从山上出来的时候，天亮了，你就到奶奶这里来。奶奶抱你，为你讲故事，唱歌，还喂你吃面，给你吃饼。在奶奶这里，可以看到哥哥姐姐们读书、唱歌、跳舞、打球，好玩吗？当太阳落下山去的时候，你妈妈来接你回家。"

她还告诉小女孩，你爸爸在山那边做事，要走很远、很远的路，才能看到爸爸。一、二、一，一、二、一，这样走着，走着。你还小，走不远，走不动，要在这儿和哥哥姐姐们一起长大。

这儿，很少有外地人来，偶尔来几个客人，望见这幢破屋，听见破屋里传出的歌声与读书声，还总会探头看个究竟。这一看，立刻会露出惊讶的目光问：这是托儿所吗？不像。自己否定了自己。

是学校吗？也不像。

一个人，一幢土坯平房，几十个孩子，构成了一所学校——白洋教学点。有三个年级，实际上应有四个年级，四、五岁的算是"预科班"。

5年过去了，有的孩子在她身边生活和学习了5年。

5年，又一个风风雨雨的5年，每次风雨过后，她会带着孩子遥望远山，远山那边的天渐渐开朗，阳光渐渐显露，五彩的云霞正慢慢飘来，这首歌尽管难唱，她还是给孩子们唱起了这首歌：

阳光总在风雨后，请相信有彩虹，风风雨雨都接受，我一直会在你的左右……

31

在支老师上白洋教学点的前两年，中央文明办举办了"中国好人榜"活动，活动旨在动员群众推荐自己身边的好人。经群众推荐、评议和投票，支月英榜上有名。后来才知，这次评选有点过五关斩六将的味儿。支月英不知晓，也不在意，自己不过是有30年乡村老师的生涯，怎么就被县市省一级级推荐上去了呢？

她自己都不明白，她没有图什么，或说她什么都不图，她只希望山里孩子有书读。尽管她一个人能力有限，她不离开泥洋，守着三尺讲台，守着泥洋的铃声，一年一年带着孩子们，站在泥洋操场上的国旗下唱国歌，敬队礼，每天庄严地升国旗，上课、种菜、打球、唱歌，眼睛一眨，一天过去，眼睛又一眨，30年过去了。她一不小心上了"中国好人榜"。

澡下镇（澡下乡已改为澡下镇）几任领导都为她点过赞，澡下镇分管教育的领导多次说，泥洋村有个叫支月英的老师，几十年如一日，在山上勤勤恳恳教书，清清白白做人，获得泥洋村村民众口称赞，镇领导年年向上推荐她的先进事迹。

县里每年评优秀教师，每年都有她。那年，县里要评十佳优秀教师，她又是榜上有名，后来又评十佳好人，澡下镇学校办公室主任邓述成收集整理她的事迹时，深受感动，整理成文字后，交给了当时的镇党委宣传委员舒欣怡。这位宣传委员对这位山村女教师早有耳闻，看完材料后，他激动地说：一位女教师独自在深山教书12年，又带着一家人生活了15年，爱岗敬业，爱生如子，找一找，我们县有没有？我们市有没有？他向县里力荐支月英。第二年，县里举行表彰大会，选6个代表发言，支月英名列其中。她的讲话，不仅博得掌声，而且博得了全体听众感动的泪水。一位县领导说：我们一定要全力推出支月英，一位女性，把人生全部都给了山区，30多年如一日，在山里为孩子教书，她不仅感动了我们县，也会感动我们市，也一定能感动中国。

她真就这样一步一步走来了。

这是2010年12月的一天，她接过"荣誉证书"，自己都不敢相信这是"国家级"的荣誉，证书上写着：支月英同志，经广大群众评议和投票，您在"我推荐我评议身边好人"的活动中入选"中国好人榜"。特发此证，予以表彰。

她感到有愧，这两年，泥洋学校正走下坡路，入学生源快速下滑，她想做好事，都快难有用武之地了。

2012年初，她获得江西省总工会授予的"五一劳动奖章"，这让她更感内疚："我只是一名再普通不过的乡村老师，只是工龄比别人长点啊！我没有什么惊天动地之举，我真不能获得这枚奖章。"

这年8月，她获得宜春市"优秀共产党员"称号。荣誉不期而至，接踵而来，面对这一本本证书，她愧疚地流下泪水。

就在这年，澡下镇的领导们考虑到，她已年过半百，一致决定把她调到澡下镇小学任教。无论对谁，这都是求之不得的好事。她的愧疚与她对孩子的爱，让她选择了去山里海拔更高的白洋教学点。

那天，市委书记来看望她，问她个人有没有什么要求。她说："我个人还真没什么要求。我唯一的希望是我退休之前，能看到白洋的孩子们能有一个像样的教室，有一个可以活动的小操场，让这里的孩子们童年生活快乐、幸福！"

"就这？"

"就这。"

"好，这事就这样定了。拆掉旧房，原地新建。两层楼，门口留一块地供孩子们做操娱乐。行吗？"

"行！谢谢书记！"

支月英真没想到，市委书记的到来实现了她这么多年来的夙愿，忧虑如乌云般随风散去。

新校园要开工建设了，支月英表达感情的方式简单而又单调，除了歌声就是泪水。捧着图纸，她流泪了，滴滴掉在图纸上。我能为新校舍做点什么，搬砖？和泥？扛梁？都不需要。这是泥洋，是澡下，也可能是全县最好的教学点了。她决定为这个教学点设计一枚校徽。

白洋小学新址

圆形绛红的边，圈外写着：奉新县澡下镇白洋小学。白色底上是绿色的树，一只小鸟展翅飞翔。最下面是2015，以示新校诞生时间。那只小鸟要飞得更高，飞得更远。画着画着，她又流泪了。她责问自己，我怎么这么没用，除了流泪还是流泪？她问自己。是啊，来泥洋30多年了，流了多少泪，流了多少汗，她真不知道，也不需要知道，一个个孩子走出了大山，又走进大山来看望她，一个个孩子成了父母，又把孩子人生第一步教育交给她，对她是这样尊重，这样信任，还有什么比这更幸福快乐的呢？也许是自己少见寡闻，也许是自己幸福的标杆太低，所以她常会感到满足，十分满足。

听奶奶说，自己小时候不爱哭，摔一跤都不哭。老爸也说，月英很坚强，她像男子汉一样，有泪不轻弹。

怎么到了奉新，到了泥洋，就那么容易落泪呢？那一夜，过了

19岁生日的那一夜，大风大雨，雷响电闪。怕，真的好怕，别的女孩在这样的风雨之夜会不会流泪呢？男生呢？老蔡呢？他们都拍过胸说，我们决不会流泪，不信，哪天，试试。

哪天？还有"那天"吗？青春一逝不复返，如今的风雨之夜她也不怕了，时间是条江，她已是江上驾舟的老舵手，岁月是不断吹动的风，她在风中已经历了一次又一次磨炼，她再也不会因怕而流泪。

长大了，成熟了，还是会流泪，那是情动的泪。诚如有人说，山里人没有见识，山里人太低层，外面的世界很精彩，她没看见过外面的世界，自然没见过豪华与奢侈。端着家长送来的一碗面条，面条上三个鸡蛋，她泪流满面。30多年，她没有离开过泥洋，没有离开过三尺讲台，她面对的是山里贫穷的孩子与孩子的父母。她没有经历过浩荡的生活，她的人生就是学校山后的一条涓涓小溪，大树后的一株盈盈小草，尽管是小溪，她一样朝着大海的方向，一往如前，奔腾不止。那细细的小珠闪烁着太阳的光芒，那流水映照出青山、大树、天空及她身边的事物。千江有水千江月，万里无云万里天。有水的地方就有月亮的波光。

她流泪了，那就尽情地流淌吧！那是月亮对流水的感恩，有了水才能看到圣洁的月光；那是小草对溪水的感恩，有清水的滋润，小草才可以绿到天涯海角。

滴水之恩当涌泉相报，这是中国的传统。这不是一滴水，是长流水，源源不断。狂风暴雨、电闪雷鸣的时候，一位大嫂戴着斗笠、披着簑衣、来到了学校，叫一声："支老师，我陪你。山里雷大雨大，你别怕。"这位大嫂和衣而卧，卧在支老师床上的另一头。

逢年过节的时候，大碗的肉，满篮的菜，送进支老师家，这不是一个人，是一村人，是一个又一个家长，是学生家长们满满的最朴素的感激之情。

加班熬夜的时候，总有学生送来茶水，鲜花；总有老乡送来糕点。

那次病了，卧床不起，发烧，一位家长送来一碗面条，面条上有三个荷包蛋……

太多太多这样的小事，山里人做的小事。支老师太了解农民的艰苦与盼望，了解他们的痛苦与真诚。

她情不自禁的泪水，表达了感动；她扎根深山，坚守讲台，表达了爱，表达了真诚与对山里孩子的希望。

有一句格言：一颗很久没被感动过的心，就像一朵很久没有浇过水的花。每个人都需要感动的水滋养。问题是能不能，会不会去吸收这份滋养。支月英在山里几乎天天在吸收这点点滴滴的滋养，进入自己的肌肤，融入血液，植入骨髓，成为能量，放出光与热：只有坚守，才有希望。

就像当年发现越王山的七叶一枝花那样，村民相传，药农接踵而来，支月英的荣誉也是接踵而至，没有来越王山，不知这儿七叶一枝花这样珍贵，这样出名；没有进山，不知大山里还有这么多的故事与感动。

支月英是一朵花，一朵盛开的芳香四溢的山花。

2014年，被评为"全国模范教师"；全省中小学"师德标兵"。

2015年，被评为"全国师德楷模""全国三八红旗手""全国岗位学雷锋标兵"。

2016年，被评为"全国教书育人楷模"；江西省首届"感动江西十大教育年度人物"。

2016年6月，被评为"全省优秀共产党员"。

2016年7月，被评为"全国优秀共产党员"。

2017年7月，被提名为第六届全国道德模范候选人。

…………

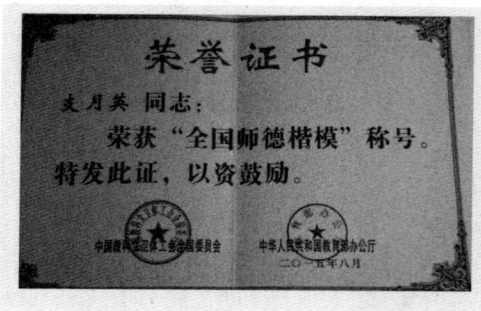

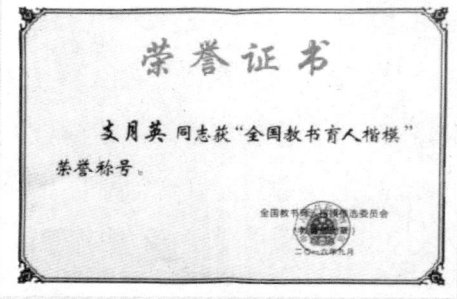

  这些荣誉对于支月英来说，如天外来客，太意外了。意外吗？也许。不意外？有谁能在大山中坚守 36 年？有谁能怀着一颗赤子之心与山里孩子年年岁岁、岁岁年年在一起？

  2015 年，国家实施了乡村教师支持计划，对乡村教师职称评聘实行特殊政策。她抱着试一试的态度，申报了高级职称。

  她深知自己在论文、外语两方面不够条件，虽然比当年考汉语拼音得零蛋强一点，但离"够格"两个字还有距离。然而，结果就像当年录取一样，顺利通过评审，不久又顺利通过聘用。接到"通过"通知的那天夜晚，她又一次流泪了，"特高级职称"在中国是多少中小学老师，尤其是乡村教师一生追求企盼的目标（可以说这是万里挑一的大事）。她知道，这不是自己的水平有多高，而是组织与专家对她的信任，对她的希望与所走过路的"点赞"。那夜，她面朝家乡，心暖花开。她要告慰父母，告诉在天堂的妈妈："娘啊，

谁说付出没有回报,党、政府、同行、专家们没有忘记我这个山沟沟里的老师啊!"

在夜深人静的时候,她的泪水还在流,而这泪只往肚里流,为老蔡、为娟娟、为翩翩流。一个女人应该会做女儿,会做妻子,会做媳妇,会当妈妈。如今自己是外婆了,这一个又一个角色的转换,自己认定是缺失的,没有承担好责任。没有陪伴老公,没有陪伴女儿,后来,又很少回家看看,上孝父母,下育子女,中敬老公,均未能如愿,有愧,有愧啊!

恐惧害怕的泪水恐怕不会再流了,激动感动的泪与知恩感恩的泪还会常有,愧疚的泪呢?当滴滴泪水从她眼眶溢出时,有谁知道哪一滴是愧疚的泪?人是复杂的,泪也是复杂的……

我们看见她的光环与荣誉,也应看到她的牺牲和泪水;我们记住了她的事迹,更应铭记她的精神,我们被感动,我们也流泪。

泪水可以抹去,记忆可以永存,精神可以融进心中,成为人生路上的一种动力。在明天,在某个地方,某一个时间,遇见了某一个坎坷,会不会突然想起生命中遇见的这个人——支月英,她是如何跨越坎坷?她是如何超越人生的?她能给明天的你一点力量与启迪吗?

支月英,你用梦想点亮山里孩子的希望,泥洋村因为有了你而美丽,我们因为认识了你,走近了你,走进了你的心灵深处而感动,而奋进。

生命中遇见了你,真好!

---

*本章歌词引自歌曲《阳光总在风雨后》(陈佳明作词)。

尾声：飞得更高

> 我要的一种生命更灿烂，
> 我要的一片天空更蔚蓝，
> 我知道我要的那种幸福，
> 就在那片更高的天空。
> …………

32

2017年初夏，阳光明媚的一天。

"共大"77级01班同学又一次聚会了。

地点依旧是"煌客隆"，召集人与赞助人依旧是涂为高、涂嗣菊夫妇。住在县城的同学随便找个什么理由，一个电话，就过来了。平常打爆了支月英的电话，她也没空。白洋教学点只她一个人，她能离开吗？她当然可以离开，一个人，谁管？叫孩子今天不上学，她下山开会，一句话就把孩子推回家中。她不离开，这就是她的自律，她的规章，自律制度贴在办公室的墙上，孩子们的课表挂在教室门口的墙上。来与去她都会给学生与家长一个交代。

这就是支月英。

她被评为"全国优秀共产党员""感动中国 2016 年度人物"后，采访者源源不断，她不能因此而中断给孩子们讲课。学生的课表不能改，授课时数不能减。这天，她要到县城开会，只得下山。

听说她下山了，老同学想见见这个最近常在电视里露脸的支同学，自然相约走进了"煌客隆"。

支月英还是"共大"的支月英，高颜值，高身材，只是最近多了一个"高荣誉"，也成了时髦的"三高"。大家开玩笑地说："这儿算你飞得最高，从冶城飞到澡下，从澡下飞到泥洋的越王山上。这下好了，从奉新飞到宜春，飞到南昌，飞到北京去了。"毕竟是老同学，没有什么高谈阔论。相互间尤其是女同学之间更关心的是儿女长短，油盐柴米。他们问："老蔡，蔡同学如何？每次聚会蔡同学都兴趣不大。"其实大家更关心的是这个新闻人物，会不会因为荣誉有什么升迁，有什么获益。这已经成了一部分人的定向思维。

"月英，你在山里一待就是 36 年，单凭这点，我真的要投你一票。没车，没钱，没房子，连多几个人聊天也没有。你晚上是怎么过的哟？"

支月英只是笑笑："你们晚上怎么过，我也怎么过。"

"乱说。我们打牌，你打牌？我们唱卡拉 OK，你也有卡拉 OK？我们手牵手散步，你散步？我们上馆子店、你上馆子店？别瞎扯了，说正经的，两个女儿、老蔡怎么样了？退休了，也该下山了吧？"

她真不好意思与同学们说，大女儿虽说在自己老家"创业"，还只刚刚起步；小女儿却还是"啃老族"；至于老蔡，江山易改，本性难移，讲义气，重情谊，依然是喜欢为朋友无私付出，独住孤守泥洋村，做好他的护林员工作。

有位朋友安慰她说:"你留给家庭的精神财富远远超越了一个普通女人所能给予的付出。对于一个家庭而言,父母的榜样作用比陪伴更为重要,精神的呵护与物质的给养更为重要。你是这个家庭的骄傲。你舍小爱成大爱的精神将会成为家风,影响家庭一代又一代。"

这段话在理论上完全成立,现实呢?

他们一家人生活在现实的当下,小女儿也做妈妈了,不应再"啃老",大女儿"创业"又何等艰难。一代人有一代人的理想和追求。现实告诉后来者,谁也不愿到深山去当老师,即便工资再翻两番。城里需要也吸引了大量的农民工,农民工把子女转移到城市就读。乡村小学在缩小,在消失,有的村庄只剩下孤老。这精神财富如何传递?这家风如何弘扬?当下人们羡慕的是城市生活,有谁甘受贫穷与寂寞?

每次支月英讲述她的经历时,台上台下都会一起流泪。听众说,支月英是好人,却不好学,难做到。这是大实话。

这次,老同学们直白坦诚地对她说:"如果当初你下山了,两个女儿也带下山了,就读县中学,今天就不是这样子了。"

是的,如果那时支月英下山了,泥洋的1000多名学生也不是现在这个样子。刘强或许做了农民工,涂莎是否能考进赣南师范大学,都是个问号。还有刘小明、刘小玲、彭小红、李梅……他们能否过着今天这样的日子?

过去与未来总是联系在一起,得与失总是密切相关。无疑,有了支老师的奉献付出,才有了这里两代孩子们绚丽的青春;有了她的舍,这才有了这里两代孩子们的得。

在她含泪说愧对父母、丈夫、两个女儿时,许多听众会含泪,为她做出的牺牲发出叹息与惋惜之声。我们能不能把目光投向更远

的农村，更远的山村学校与山村老师，或投向其他更艰苦的地方，艰苦行业的人群。今天，我们有幸发现了支月英，应该相信在我们身边一定还有支月英这样的人，或说群体。怎样让好人放射出更动人的光彩，让他们在自己岗位上只流汗不流泪呢？一个人的力量总是有限的，怎么能让英雄更无忧、好人更奋进，让他们飞得更高，更远，为他们营造一个良好的人文生态环境呢？

支月英 36 年的坚守留给我们的除了感动、赞美与学习外，是不是还应该多一些思考呢？

泥洋学校的危房，过几年就会拆除或消失，学校旁边的场部已翻修一新，成为泥洋村村委会的行政办公楼。其左侧的平房，也快成为危房。里面还有一家住户，那就是护林员蔡江宁同志，没有办退休，他还会住在这里。门口长满青苔，晚上在这儿睡的时间也不多了。前几年，几个兄弟为他家拼凑，在县城买了一套二手房，这房子就成为两个女儿、他和支月英的进城落脚处。

他们俩把青春的种子撒在泥洋的土地上，吐绿，开花，结果，如今他们快到了凋谢叶落的日子。他没有想到上山去，她也暂时不会下山。为了她的事业，他虽然没有并肩战斗，但是，总是在亦步亦趋，守在她身旁。让支月英难以忘怀的事老蔡做了很多很多。

有一次，他开着面包车送她上山。起风了，下雨了，车轮打滑，空车重量轻，坡陡开不上山，老蔡冒着雨在山腰上搬动山石，放进后车厢，一块，又一块。老蔡没有一声怨言。她下车陪着，老蔡又把她推上车：上车去！他吼她上车。终于，车子有了重量，开动了，可以上山了，老蔡已被山雨淋个透。

这就是老蔡，少语热衷肠的汉子。

把她安全地送到学校后，老蔡又返回。如果不返回，就不是老蔡了。

歌曲里唱到，"军功章啊，有你的一半，也有我的一半"。那是丈夫对妻子的赞美。

支月英多次感叹，老蔡话少脾气倔，但绝对是个好人。不管她在泥洋或是白洋，在工作上总是护着她。只是这个男人表达的方式不一样。老蔡不忘初心实现了他初恋时的诺言，守候她一生。当年的蔡同学年轻，热血沸腾，为表达自己对支月英的爱，锲而不舍，不然，支月英怎么会离开进贤到奉新、到澡下呢？

成功男人的背后，总有一个女人，其实成功女人的背后也有一个男人。

飞得更高，是生命对理想的追求！

飞得更远，是人生路上的自我展示。

更高更远都需要天空一片蔚蓝与澄净。

每个想飞的人，在起飞时都会抬头仰望一下蓝天……

澄净的蓝天是飞得更高的空间，

托起振动的翅膀是飞得更远的力量……

---

*本章歌词引自歌曲《飞得更高》（汪峰作词）。

后记：弯弯的月亮——致逝去的青春

弯弯的月亮下面，是那弯弯的小桥，
小桥的旁边，有一条弯弯的小船，
弯弯的小船悠悠，
是那童年的阿娇
…………

33

第一次去泥洋，去白洋，是我与责任编辑魏伟同行，支月英老师带路。过澡下镇时，停车，我们去了澡下镇学校。那是建在山麓下的一所学校，很大，教学楼依山而建，很美；远离市镇，很静，也很净，学校设施布局都贴近城市学校的标准，空气自然已达标，负氧离子自然养肺。我深深地吸了几口，很舒适，很惬意。支月英就在我身边，不用多问，她为什么不来这教书，留着自己静静去思考。在大多数人执着地追求快乐与幸福的当下，支月英没有走进这个群体，她冷落了自己。如果她能选择来到这所校园，她一定会找到自己的位置，一定会有自己的快乐与幸福，肯定比现在生活得更好，更美。那是什么样的结局，也可以静静地去思考。

车继续上山。沿着弯弯的山路，第一站是观下，距离澡下40里地。小车在山间公路上摇晃与颠簸，难想当年。这里是山路，难以会车，上山靠右停车，下山车辆小心翼翼贴身而过。

行车路上，每个拐弯点，每处会车点，支老师了如指掌，她叫慢，则慢，她说前方有拐弯，必是拐弯，这山路段段印在她心中。

我们去了观下村小学，是刘清辉老师任教的学校。现在只有9名学生，2层的教学楼，10多个教室，1个篮球场。没有了往日的喧嚣，只见空空荡荡的房间和场地，操场上偶见几只老母鸡在寻觅欢叫。离校不远的路边是当年长途班车的终点站，往上走是泥洋，是支月英老师步行的起点。

我下车，走了短短的一段路，很想在路上寻找支老师逝去的青春。

支老师笑了：一切随风而去。现在很难找到那个时代的印记了，路宽了，也拉直了。路基夯实了，路边的竹林比过去要稀疏了……

抹不去的印记已烙在心上，在这条路上，支月英饱尝了人生的酸甜苦辣，四季的日月风雨，那烈日，那月光，那风雨，至今好像还在眼前，好像还吹打与照耀在身上。

36年，三百六十五里路啊，年年月月，多少个烙印印在心间。我十分理解支老师一路颠簸，一路沉默，一路对视，一路轻声哼起，并回味一首又一首当年的歌曲。我有幸与她轻声合唱，虽然声色难以与她媲美，但可以感受唱老歌的岁月。车过泥洋，做了短暂的逗留。泥洋学校校舍已宣布为危房，四周架起栏杆，不准入内。站在路边眺望，墙壁上爬满了青藤，长满了青苔，花岗岩已有裂痕。校园明显比观下小学破落，除了这幢楼和门口的一块小小平地外，四周都是坎坷的坡。面对这颓墙残瓦，可以想象当年的狭小、逼仄与

拥挤。断旗杆、锈电铃依然在，触景生情，支月英老师感叹了一句："青春的汗水与泪水都洒在这里了。30年，30年啊！"

靠近校舍，我闭上眼。36年前，夜深人静的时候，一幢楼，一个人，一盏灯，支月英是怎么走过来的啊？

青山溪水依旧，夕阳明月不老。她已过了半生，与山为伴，与泉为邻，她把自己融入大山，用自己的汗水和心血培育山里的孩子，诚如山泉滋润翠竹青松小草山花一样，逝去的青春，流走的年华，能寻找回来吗？

终于到达了目的地——白洋村村民居住点，有一幢土坯房在新校舍东边，新旧两房对比，支月英老师的往昔如在眼前。

学校环境是今非昔比了。虽然小，却完善。教室、办公室、图书室、操场，一应俱全。

她给孩子上课，教孩子唱歌，那声音，那身影，与她的逝去的青春有什么差异呢？

学生家长说："一样，一模一样！支老师没有老，也不会老。"她年轻时是这样！这样的声音，这样的身材，这样的动作。现在还是这样。

越山不老，青春仍在！这是两代学生的赞美。

白洋小组村民就居住在教学点周围，时近黄昏，不知谁家在放歌曲，是刘欢唱的《弯弯的月亮》，旋律美，意境美："有一条弯弯的小船，弯弯的小船悠悠，是那童年的阿娇。"这小船两字让我联想起了：摆渡人。支老师不就是那小船，那阿娇么？把山里孩子带到知识文明的彼岸……啊，弯弯的月亮，弯弯的小船，还有那不辞辛苦的摆渡人……

2017年7月6日，我又上了越王山。支月英老师在白洋教学点等我。澡下、观下、泥洋、白洋；这山，这流水，这水库，这竹

支月英在凝神仰望着远处的山

林，早已刻进了支老师的脑海里。寻找她岁月的足迹，可以与山、与水、与竹林对话。青山、翠竹、流水、白云，会告诉你逝去的一切。在山路间行走的刘强、廖作英、廖作春都长大了，又走来他们的后代。在学校，我与李棋持拍打球，与李洪先侃侃而谈，我与孩子们一起画画、写字、唱歌、讲故事……

终于，我找到了，真的找到了支老师那逝去的青春，没有遗落在泥洋的山路上，没有忘却在泥洋的校舍里，没有撒落在越王山的山溪中，青春未逝，一直珍藏在她心上。

奉献，责任，奋进，是她青春的魂。

不留情的岁月会催她老去，魂在，青春就常在！

不必唱一首歌纪念我们逝去的青春，不必唱一首歌怀念逝去的爱情，支月英与青山在一起，青山不老她不老；支月英与清泉在一起，清泉长清她长青。

支月英要退休了，她老吗？老。

支月英还在给孩子们上课，教孩子们识字、算术、唱歌、打球，给他们讲述中国未来美好的梦想。她老吗？不老。

未来的你们还会想起今天的她吗？

我记住了让生命不老的三个关键词：奉献、责任、奋进。

这是她不老的秘诀……

感谢支月英老师不厌其烦地接受我的采访，传给我青春不老的秘方；感谢责任编辑魏伟的多次陪同，感谢南昌大学姜娜老师这次

的随行，感谢江西人民出版社张德意社长、游道勤总编辑的信任，特别感谢江西省新闻出版广电局周世敏副局长，江西省奉新县县委常委、宣传部余启利部长，奉新县教育局周建平局长，江西新华发行集团原党委书记周波同志，江西新华发行集团奉新分公司徐小梅经理的鼎力支持，我用奉献、责任、奋进三个关键词督促自己完成这次的采访和写作。我落笔希望让更多的人知晓支月英，走近支月英，走进支月英。我们这个时代期待有支月英，我们这个时代产生了支月英，我们这个时代需要有更多的支月英。这就是我愿意接受这个任务的目的。

时光让生理老去，却让心理成熟。成熟得如春天的嫩绿、夏天的茂盛、金秋的飘香的果实、冬季傲雪的枝干。成熟的美不亚于、甚至超过青春的美。美的最高境界是其光如玉，有色泽有光亮却藏而不露，人格的美或魅力也如此：静水深流，润物无声。

于是，就有了花开无言、人淡如菊……就有了今天的支月英。

＊本章歌词引自歌曲《弯弯的月亮》（李海鹰作词）。